## Dias de domingo

# Dias de domingo
Contos

Organização
Eugênia Ribas-Vieira

Textos de
Adriana Lisboa, Adriana Lunardi, Carlos Eduardo Pereira, Cíntia Moscovich, Giovana Madalosso, Julia Wähmann, Juliana Leite, Marcelo Ferroni, Marcelo Maluf, Maria Ribeiro, Maurício de Almeida, Noemi Jaffe, Sérgio Rodrigues, Tobias Carvalho e Veronica Stigger

1ª edição

Rio de Janeiro
2021

Copyright © 2021 by Adriana Lisboa, Adriana Lunardi, Carlos Eduardo Pereira, Cíntia Moscovich, Giovana Madalosso, Julia Wähmann, Juliana Leite, Marcelo Ferroni, Marcelo Maluf, Maria Ribeiro, Maurício de Almeida, Noemi Jaffe, Sérgio Rodrigues, Tobias Carvalho, Veronica Stigger

Capa: Angelo Bottino

---

CIP-BRASIL. CATALOGAÇÃO NA PUBLICAÇÃO
SINDICATO NACIONAL DOS EDITORES DE LIVROS, RJ

D531

Dias de domingo / Adriana Lisboa ... [et al.] ; organização Eugênia Ribas-Vieira. – 1. ed. – Rio de Janeiro : José Olympio, 2021.

ISBN 978-65-5847-051-9

1. Contos brasileiros. I. Lisboa, Adriana. II. Ribas-Vieira, Eugênia.

21-73787

CDD: 869.3
CDU: 82-34(81)

---

Meri Gleice Rodrigues de Souza – Bibliotecária – CRB-7/6439

Este livro foi revisado segundo o Novo Acordo da Língua Portuguesa.

Todos os direitos reservados. Proibida a reprodução, o armazenamento ou a transmissão de partes deste livro, através de quaisquer meios, sem prévia autorização por escrito.

Reservam-se os direitos desta edição à
EDITORA JOSÉ OLYMPIO LTDA.
Rua Argentina, 171 – 3º andar – São Cristóvão
20921-380 – Rio de Janeiro, RJ
Tel.: (21) 2585–2000.

Seja um leitor preferencial Record.
Cadastre-se no site www.record.com.br
e receba informações sobre nossos lançamentos e nossas promoções.

Atendimento e venda direta ao leitor:
sac@record.com.br

ISBN 978-65-5847-051-9

Impresso no Brasil
2021

*Eu preciso descobrir*
*A emoção de estar contigo*
*Ver o sol amanhecer*
*E ver a vida acontecer*
*Como um dia de domingo*
"Um dia de domingo", música de Michael Sullivan e
Paulo Massadas, na voz da Gal e do Tim Maia

# SUMÁRIO

| | |
|---|---|
| Nota da editora | 9 |
| Apresentação | 11 |
| Domingo de manhã<br>*Sérgio Rodrigues* | 13 |
| Isabel<br>*Noemi Jaffe* | 21 |
| Suéter<br>*Marcelo Ferroni* | 29 |
| Messias<br>*Cíntia Moscovich* | 45 |
| Nossos ossos<br>*Giovana Madalosso* | 57 |
| Um domingo sem fim<br>*Carlos Eduardo Pereira* | 63 |

Biografia e correspondência 73
  *Adriana Lunardi*

Como se nada. Como se tudo 83
  *Maria Ribeiro*

Meu bom amigo 87
  *Juliana Leite*

Domingo 109
  *Veronica Stigger*

Absolutamente 115
  *Marcelo Maluf*

Fui a Paris e comprei um piano 123
  *Julia Wähmann*

Manejo 131
  *Maurício de Almeida*

Eric 149
  *Tobias Carvalho*

Abstração informal 159
  *Adriana Lisboa*

Sobre os autores 167

# NOTA DA EDITORA

Não seria exagero dizer que a Editora José Olympio moldou a literatura brasileira tal qual conhecemos hoje. A Casa, como era chamada por Carlos Drummond de Andrade e outros gigantes, foi celeiro dos maiores autores brasileiros. Agora, ao completar 90 anos, a editora volta seu olhar para a literatura nacional contemporânea. Esta antologia, com importantes nomes e diferentes vozes da atualidade, simboliza isso.

Aqui estão quinze autoras e autores brasileiros que compõem uma polifonia literária. Diferentes escritas, estilos e contextos unidos por um tema inevitável: o domingo. Contos de domingo. Ou *Dias de domingo*, como afinal intitulamos. Esta coletânea é mesmo feita no plural, uma parceria entre a editora e a organizadora Eugênia Ribas--Vieira. Conforme os contos foram entregues para este encontro — que não tem hora, mas sim dia marcado —, ficava mais evidente sua importância. Todos os autores e autoras convidados se inspiraram muito, entregaram grandes textos, fizeram desta uma grande reunião. Consistente, divertida e memorável.

A antologia se tornou, no fim das contas, mais do que uma publicação ou uma celebração, virou mesmo uma festa. Num dia de domingo. Um livro que dá vontade de ler, reler, passar adiante. E que isso se espalhe, que façamos circular as boas histórias.

Editora José Olympio,
novembro de 2021 —
ano do 90º aniversário desta Casa

# APRESENTAÇÃO

Neste 2021 fatídico, segundo ano da pandemia da covid-19 no Brasil e no mundo, é um alívio podermos voltar nossos olhos a outras experiências. Buscamos aqui essa expansão do olhar num recorte curioso de contos inéditos de autoras e autores expoentes da ficção contemporânea brasileira.

Escolhemos como desafio o recorte temático imparcial *um domingo*, tal qual uma fuga desse assunto comum que nos assola — o surto do Coronavírus e suas consequências. A intenção era fazer com que os autores se lembrassem de um domingo cotidiano, anterior à pandemia. Pensar o domingo, esse dia neutro, esse dia *nonada*, essa página em branco, esse tédio, como uma motivação maior.

Convidamos quinze escritoras e escritores de métodos e estilos variados, buscando, sobretudo, diversidade. De início, pensamos que poderia ser difícil manter todas as particula-

*Dias de domingo*

ridades das vozes narrativas, considerando os vestígios pandêmicos compartilhados. O que será que podíamos esperar desses olhares subjetivos e autorais que, em meio a uma grave crise sanitária e social, estão sujeitos a tantas similaridades?

Esta coletânea revela pontos de vista que absorvem o medo, que evocam a fuga, a vontade de um outro mundo ou, simplesmente, a vontade de desaparecer. É curioso notar em alguns contos o recorte temático distópico e o diálogo com o realismo fantástico, o que talvez reverbere o sentimento mais próximo da experiência pandêmica.

Também podemos notar que alguns autores se voltam à exceção, ao diferente, a um outro que, ao ser redescoberto, é visto próximo e torna-se como um par: a manicure, a sociedade dividida, as pessoas mais idosas, os parentes numa viagem ou um leitor comum de livraria.

Ao fim, o olhar criativo e sensível dos escritores e escritoras venceu o flagelo da doença. O resultado é esta antologia original, brilhante e diversificada.

Nossos autores e autoras provam que até o tema mais comum pode ser misterioso. Por meio de observações furtivas — e de um exercício de escrita soberano e arrebatador —, conseguem enriquecer o banal, decifrar os códigos e o imaginário de nosso tempo. Aqui estão suas paixões. Seus gozos. Seus desejos. E a cura, talvez, de um mundo que aos poucos se perdeu, e que, num conto após outro se reconstrói, começando *num dia de domingo.*

Eugênia Ribas-Vieira, *organizadora*

# DOMINGO DE MANHÃ

*Sérgio Rodrigues*

A MELHOR PARTE DO domingo é você abrir os olhos na cama e se dar conta que é domingo, e antes mesmo de conferir o despertador na mesinha de cabeceira fechar os olhos outra vez porque na verdade não importa que horas sejam, é domingo, e aos domingos nada importa. Até poderia importar, e muito, se fosse um domingo de corrida, mas isso você sabe que não é. Neste momento a Fórmula 1 está se deslocando de um país para outro da Europa, e só no domingo que vem os motores voltarão a soltar o berro em mais uma tentativa do maior piloto da história, que por acaso é brasileiro, de se firmar aos olhos do mundo como o maior piloto da história.

Mas não ainda. Este é um daqueles domingos de passagem, e por isso mesmo perfeitos: um domingo de transição entre a criança e o adulto, entre uma humanidade que ainda não se convenceu por completo que aquele cara é o maior piloto da história e uma humanidade que finalmente entenderá tudo. Você sabe que isso é inevitável, como se já tivesse acontecido, mas por enquanto o acontecido está suspenso num domingo futuro.

Em outras palavras, você tem tempo. Sempre de olhos fechados, um sorriso quase visível nos lábios, passa então a ouvir com atenção os sons que zumbem dentro do seu corpo: sangue circulando, hormônios bombando, ossos crescendo. É um ruído difuso, aquilo que chamam de ruído branco, como você aprendeu há uns anos e, talvez por achar graça da ideia de associar som e cor, nunca esqueceu. É possível que seja um ruído imaginário, mas é o suficiente para abafar os primeiros barulhos dominicais da casa, da rua e do mundo.

O que torna perfeito o dia ao seu redor é o fato de não trazer nada que impeça você de continuar deitado, dormir um pouco mais, quem sabe sonhar. Isso, sonhar. Você se dá conta que está sonhando agora mesmo com um mundo finalmente completo em que não ocorre a ninguém pôr em dúvida a grandeza absurda do piloto brasileiro, o que tem como consequência meio inexplicável, mas bem-vinda, que também já não seja preciso decorar tabelas periódicas, fórmulas geométricas, conjugações verbais, afluentes do Amazonas. Nenhum compromisso, nenhum arrependimento, nenhuma pressa, nenhuma dúvida: o domingo que embala você é perfeito.

Outro aspecto bacana desse sonho, na verdade um meio sonho acordado, é que tudo corre bem demais nas suas festinhas de sexta e sábado. É como se ali não houvesse lei da gravidade, nem espinhas, nem gagueira, você o centro dos olhares cheios de desejo das meninas mais bonitas da turma enquanto se exibe em coreografias interessantes na pista estroboscópica, um espetáculo. Chega a ser engraçado: com movimentos desinibidos, mas inegavelmente viris, ao som de Titãs ou Echo & the Bunnymen, você se vinga de forma incrível do desprezo que na vida real lhe dedicam as meninas mais bonitas da turma, e também as não tão bonitas e até as feias.

É por isso que, depois de abrir os olhos de novo, encarando dessa vez o mostrador digital de fósforo verde do rádio-relógio, mas sem registrar o que vê ali, você decide se virar para o outro lado e tentar dormir um pouco mais. Quem sabe ainda dê tempo de perseguir um resto de sonho, uma prorrogação, enquanto não chega a hora inegociável de se levantar para não perder o almoço dominical que sua mãe já começou a preparar e cujos aromas, como Space Invaders, tomam de assalto a penumbra do quarto.

A certa altura, sentindo uma ereção se formar, você teme que já não consiga adormecer de novo, que seu corpo esteja desperto demais, embora o cérebro ainda cabeceie na bruma. É com surpresa que ouve bem distante, lá no fundo do pavilhão auditivo, como uma leve cócega, aquele choro de bebê.

Ah, não. Por mais que esteja grogue da determinação de aproveitar ao máximo a manhã de domingo, extrair dela até a última gota de suco, você conserva bastante lucidez para saber que choros de bebê são predadores naturais da graça que persegue de forma tão obstinada. Abre os olhos de novo e, consultando seu celular bojudo na mesinha de cabeceira, tenta se conformar com o fato de que é hora de se levantar. E é mesmo, o choro do Francisco cada vez mais alto.

De repente, porém, silêncio. Parece um milagre, mas então você se lembra que o combinado é Márcia cuidar do menino esta manhã, ontem foi o seu dia, e sem revezamento ninguém tem saúde física e mental para lidar com a voracidade dos recém-nascidos. Melhor aproveitar a sorte de ter lhe tocado justo o domingo de folga, uma ideia que não provoca culpa nenhuma, pelo contrário, só reforça sua atração pela inconsciência, pela tentativa de afogar no esquecimento temporário mais uma semana de trabalho maçante e aumento negado e desafeto promovido e…

Dessa vez o sono é quebradiço, aflito, composto de uma mistura de lutos passados e medo do futuro. É como se já não fizesse tantos domingos que o mais triste dos domingos desabou sobre você, aquele domingo maldito em que o maior piloto da história encontrou a mais estúpida das mortes contra um muro italiano, algo em que você já nem pensa muito hoje em dia, mas pelo visto ainda pensa, sim. Por menos sentido que isso faça, nesse momento você enfia a cara no travesseiro e sente vontade de chorar.

O choro, que começa leve, não demora a ficar caudaloso. Aos soluços, você percebe que chora tanto pelo piloto morto e por todas as promessas abortadas quanto por seu colesterol fora de controle e pelas dores do mundo que aguardam seu filho no novo século, um século violento e estúpido dedicado com afinco à implosão de todas as ilusões acumuladas nos vinte anteriores. Ou pelo menos é assim, turbulento e feio, que tudo lhe parece neste momento.

As lágrimas que empapam o travesseiro acabam por lhe trazer algum alívio, e ainda de bruços você se larga à modorra uma última vez. Em nenhum outro dia isso seria possível, mas hoje é domingo, e aos domingos, segundo a crença que você abraça desde criança, sempre cabe uma última soneca. A despedida. Quer dizer, você supõe que seja a última, é o que promete a si mesmo enquanto sua respiração se faz mais regular e seus membros mais pesados, cada vez mais pesados.

Logo seus braços e pernas são maciços e inamovíveis como troncos de árvores abatidas no chão da floresta. Quando o mundo deita sobre você todo o seu peso de mundo e o sufoca com indiferença assassina, você grita, mas nenhum som lhe sai da boca. Francisco, você tenta chamar, dando-se conta no mesmo instante que seu filho está longe, muito longe, fazendo mestrado no Canadá, e de nada adiantaria chamá-lo, mesmo que você tivesse voz.

Márcia, então? O coração dispara, testando seus dois *stents* recém-instalados. Os bichinhos de liga de cobalto resistem, justificando a pequena fortuna paga por eles, mas sua respiração é um estertor. Quantas mensagens ela teria deixado sem resposta no WhatsApp? Você cogita consultar o smartphone de tela rachada para ter um número preciso, mas desiste. Não importa, só um tolo ainda alimentaria esperanças: Márcia nunca mais.

Como podem ser cruéis os domingos, você pensa, arrependido de não ter saltado da cama enquanto era tempo. A consciência súbita de que hoje não é um domingo qualquer, mas um domingo de eleição, o mais funesto dos domingos de eleição num país de tantas eleições funestas, esmaga você no colchão. Uma cantilena infernal entra pela janela, milhões de vozes em uníssono, como se acompanhassem exercícios militares:

> *Nós demos de cara no muro*
> *E agora acabou-se tudo!*
> *Nós demos de cara no muro*
> *E agora acabou-se tudo!*

As palavras se repetem domingo adentro, eternidade afora. Não é claro o instante em que isso ocorre, mas a certa altura você percebe que a agonia que o dominava se transformou numa espécie pastosa de resignação. Suado, consegue finalmente se virar de barriga para cima e encara o teto sem angústia, como se já estivesse morto. Ouve batidas na porta.

Um homem grisalho que você não conhece entra com uma tigela numa bandeja. Canja especial de domingo, ele anuncia em volume altíssimo, como se você fosse mais surdo do que é. Fingindo uma animação que, evidentemente, não poderia estar mais longe de sentir, o homem grita: Sua preferida, pai.

# ISABEL

*Noemi Jaffe*

COMO O BRANCO é a cor que combina todas as cores, domingo é o dia que são todos os dias. Isabel é uma mulher que é todas as mulheres e ela é manicure.

Eu sou só eu e fui ao salão no sábado. Isabel pintava minhas unhas de vermelho e começou a chorar. Eu choro todos os dias. O choro é o mar que cada um carrega e que vaza quando sobrevêm tempestades. Mas eu ainda não chorei pintando as unhas como Isabel chorou ontem comigo. As lágrimas pingaram um pouco nas minhas mãos, ela fungava e enxugava os olhos embaçados, errando o pincel do esmalte e borrando meus dedos de vermelho.

Aquela mulher grávida no ponto do ônibus, aquela mulher que acabou de sair do banho e esqueceu a toalha, aquela mulher que reza sozinha num altar que ela montou no corredor, aquela mulher que está pondo água no feijão, aquela mulher que aciona o botão da máquina de engarrafar água, todas são Isabel.

Isabel é chinesa e mora no Brasil há pouco tempo. Ela trabalha num salão comandado por chineses e, invariavelmente, fica devendo dinheiro no final do mês, porque usa toda sua comissão para pagar o aluguel de um quarto no Pari, o tanto de comida de que precisa e o transporte de casa até o trabalho, em Pinheiros. E ainda fica faltando. No sábado Isabel tinha levado uma bronca da gerente, de quem não sei o nome, porque tinha sido pega falando ao telefone entre uma cliente e outra. Eu era, das clientes, a outra, a que chegaria. Ainda vi as duas saindo por uma porta entreaberta, antes de Isabel assumir o posto comigo. Quando ela começou a chorar e eu perguntei o que era, ela disse que tinha alergia a esmalte, a gerente espionando de longe.

Um padeiro alérgico a farinha, um sapateiro alérgico a cola, uma escritora alérgica a palavras. Se eu fosse escritora, teria alergia de algumas palavras: *currículo, verdade, participação* e *sinergia*, por exemplo. Toda vez que elas aparecessem, minha pele ficaria vermelha e eu ameaçaria chorar se não me distanciasse delas.

Isabel estava com vergonha do choro e quanto mais eu procurava consolá-la, mais ela ficava vermelha, o nariz enrugava e ela enxugava os olhos com a barra do avental. Eu insistia, queria fazer justiça, pedir explicações para a gerente, não se pode falar assim com uma funcionária, eu queria fazer o certo, mas não, não tem cabimento fazer o certo, que aliás nem existe quando tudo é regido por outra lógica, você não entende, o olhar de Isabel me pedia, não faça nada, por favor, o certo é só chorar enquanto pinto suas unhas, me deixe em paz com sua justiça.

Fui embora do salão sem fazer nada e hoje é domingo.

Se hoje fosse, não sei, segunda ou quinta, eu não pensaria nela. Mas domingo é dia de pensar em Isabel, que hoje está dormindo até mais tarde, ou quem sabe não dormiu. Ela sim — não eu — é escritora, e escreve em chinês sobre sua vida, a vida de outros chineses que vieram para São Paulo e sobre sua filha, Chun-I, que ela quer trazer para perto, mas não consegue por falta de dinheiro e documentação. O único motivo para que Isabel viesse para cá foi esse: trazer a filha, de sete anos, que ficou em Beijing com os avós, e tirá-la do que considera uma vida indigna. Por que Isabel se chama Isabel se é chinesa, isso eu não sei e não pude perguntar a ela, porque ela chorava, não muito, só lacrimejando, mas era o suficiente para que demonstrasse querer silêncio, sem a importunação de perguntas fora de lugar. Fora de lugar: Isabel está fora da China, longe da filha, é escritora e pinta unhas. Pintando as unhas, ela chora. Isabel está sempre errada. Agora mesmo, nesse instante, ela está escrevendo em seu caderno:

"Domingo, dia 22 de setembro. Aqui em São Paulo as flores não amanhecem abertas, mas semicerradas, assistindo à garoa pingar. Também eu olho pela vidraça, onde os pingos caem devagar, se espatifando e se desmanchando à medida que descem. Domingo é dia de os pingos se espatifarem e perderem a forma, de as flores permanecerem semiabertas, aguardando o dia de trabalhar para as abelhas e é também o dia em que eu posso encostar meu rosto contra o vidro e olhar para fora.

"Ontem chorei pintando as unhas de uma cliente e ela entendeu que eu não chorava por ser alérgica a esmalte. Imagina. Uma manicure alérgica a esmalte seria como um padeiro alérgico a farinha, um sapateiro alérgico a cola, uma escritora alérgica a palavras. Se eu fosse escritora, teria alergia às palavras *periculosidade, consorte e maniqueísta*, por serem feias e porque eu não sei o que elas significam. A cliente me olhava meio assustada e compadecida e queria porque queria me ajudar, reclamando da forma como Jun me tratou, já que, quando ela entrou no salão, viu que eu estava sendo repreendida. Mas ela não sabe de nada, da missa a metade, como dizem por aqui. Não sabe que sigo obedecendo ao que a vida dispôs para mim, sendo o que querem que eu seja e não sendo o que querem que eu seja nas horas erradas, como chorando enquanto pinto as unhas. Só o domingo me salva da prisão.

"Essa mulher deve ser socióloga, médica, empresária e deve morar numa casa grande onde ela não consegue nem grudar o rosto contra as vidraças e observar os pingos se espatifando. Ela observa a vida e as pessoas e não as flores ainda entreabertas aguardando as abelhas que ainda não podem pousar, porque não há espaço. O que ela poderia fazer por mim, além de saudar a própria consciência por ter tentado ajudar alguém? Aqui no Brasil domingo é o dia de descanso e eu, que obedeço aos desígnios, preciso descansar do que não sou e ser essa outra, que já quase não conhece mais a mulher que um dia já fui, que adivinhava o mundo pelas palavras, acolhendo as plantas pelos caminhos, perambulando por verdades desconhecidas, escrevendo as ruas nos cadernos e levando Chun-I pela mão, comigo e sempre, enquanto ela imita um trem ou um avião.

"Imagino aquela cliente imaginando que sou uma escritora, quando ela sim é que escreve e talvez hoje, domingo de descanso, esteja pensando em mim, imaginando o que estou fazendo, eu, que mal consigo articular algumas palavras na língua dela, que, de tão correta, até admite de vez em quando errar. O que será que ela erra? Deve deixar restos de comida nos talheres enquanto lava a louça, deve ter dito coisas um pouco agressivas para o marido ou as filhas, deve ter chegado atrasada a um compromisso. Ela estava passando pela rua do salão, deu uma olhada nas unhas, achou o salão com uma cara limpa e simpática, chinês, ou seria japonês ou coreano, olhou para o letreiro, isso é chinês, essas letrinhas, e entrou, quando viu que Jun gritava comigo em voz baixa, quase me batendo. Enquanto eu me acomodava, vi que suas mãos tremiam um pouco, era sábado, ela provavelmente iria a uma festa, um jantar, precisava das mãos bem pintadas e eu também comecei então a tremer e, sem querer, comecei a chorar. Chorei esses pingos que se desmancham enquanto caem devagar, os mesmos que embaçam a vidraça; chorei ontem, chorei as segundas e terças, as xícaras de asas quebradas, as escalas dos aviões em aeroportos vazios de noite, pessoas esparramadas no piso, a comida embalada em bandejas de alumínio, o arroz grudado nas folhas de alface, os recibos que saem das máquinas registradoras marcando todas as compras, os ventiladores de teto girando em velocidade média, chorei os domingos em que todos precisam descansar. Talvez ela entendesse isso, eu vi nos olhos dela que ela entenderia, mas não disse nada e foi melhor assim. Enquanto penso nela, penso em mim e em Chun-I, minha joaninha de asa pintada, minha menina longe, tão longe que nem mais sei se mesmo eu estou perto de mim. O tempo vai fazer o que precisa, assim como eu vou fazer o que preciso com ele e isso vai permitir que nós duas estejamos juntas algum dia, por caminhos que ainda não descobri, mas que vou adivinhar."

Isabel talvez não se chame Isabel, mas Li-Hua, que significa pérola-flor, ou então Li-Na, que é quem tem beleza e graça. Quando duas mulheres, como eu e ela, estão as duas sós num domingo como hoje, cada uma em seu pedaço do mundo, cada uma em seu lote emprestado, elas podem se reencontrar em alguma parte. Se as duas se encontraram ontem e, enquanto uma chorava, a outra tentava consolá-la, elas agora têm algo em comum: nenhuma das duas sabe por que as coisas são como são.

"Hoje é outra vez segunda-feira e ontem, finalmente, as flores se abriram no começo da tarde, o que me dá um pouco mais de vontade de continuar. Esperei hoje o dia inteiro que a cliente voltasse, não sei explicar o porquê. Talvez para que ela visse que, dessa vez, eu não iria chorar. Mas ela não veio."

# SUÉTER

*Marcelo Ferroni*

ELE VÊ O FÍSICO dizer na *live*: se você presenciou a anomalia, procure o centro de apoio mais próximo. Apesar de sisudo, o entrevistado é jovem, talvez mais novo que ele. Os cabelos são cacheados, e a barba incipiente lhe dá alguma autoridade no rosto de criança. Ele diz: você pode achar que não é nada, que é uma coisinha à toa. Um gato que não deveria estar ali; uma senha trocada no computador; um utensílio novo que apareceu na cozinha. Mas qualquer evidência, por menor que seja, é importante.

O governo tem ajudado?, pergunta a entrevistadora, na parte superior da imagem. O físico ri, é um sorriso amargo. O governo nunca faz nada, ele diz, a gente já viu essa história antes. Mas temos de ficar atentos, porque o governo está esperando a oportunidade, está vendo como se aproveitar da anomalia, pode tomar medidas autoritárias e decretar estado de exceção, ele diz, cabe a nós entender o que está acontecendo. É por isso que as pessoas devem falar, devem declarar qualquer pequena diferença que notarem em suas vidas.

\*

Há uma TV ligada no supermercado, a caixa e a empacotadora olham para o alto, veem as imagens, mas não param o que estão fazendo. Miguel ergue o rosto e vê também, é um programa policial que mostra um Caveirão bloqueando o acesso a uma comunidade, homens de preto e mascarados ocupam posições atrás de casas de alvenaria, metralhadoras em punho. Estourou uma guerra onde não se esperava, Miguel entende, pelas legendas que correm no pé das imagens. Ele desceu para comprar KitKats, Coca Zero, batatinhas e duas garrafas de vinho. Macarrão e latas de tomate, caso decidam passar o domingo em casa. Azeite, frios e pães. Duas cervejas artesanais, por via das dúvidas. Teve dificuldade de escolher, não sabe muito bem o que poderia agradar, não colocou nada natural no cesto, mas dane-se; quer voltar para casa o quanto antes. As mãos tremem conforme ele coloca os produtos na esteira. A caixa passa as latas pelo leitor, o sensor apita, ela diz para a moça que empacota: a Deise chegou em casa ontem e o marido tava com outra. A colega abre os olhos, não dá pra saber se está surpresa ou se vai rir. E aí?, ela pergunta. E aí que o marido fingiu que não conhecia a Deise,

disse que a Deise estava invadindo a casa dele e ia chamar a polícia, a Deise gritava, o marido gritava de volta, a
mulher que tava com ele gritava, as crianças choravam, os
vizinhos apareceram, uma confusão.

— Mas e aí? — a empacotadora diz, e coloca as garrafas
na sacola.

— E aí que a Deise teve de dormir na casa da mãe, levou os filhos com ela, e o cara tá alegando que é essa coisa
aí que estão falando na TV, que não é culpa dele.

A colega ergue mais as sobrancelhas e faz um sorriso
debochado.

— Mas os filhos são de quem?

A caixa não parece processar a pergunta. Passa as batatinhas no sensor.

— A Deise tá arrasada — ela diz, e olha Miguel. — Débito ou crédito?

Ele esfrega o suor gelado da testa e tira a carteira da
bermuda. A caixa está olhando para ele como se fosse culpado, culpado de algo, a carteira engancha no tecido mole,
ele tenta rir e os óculos embaçam.

As duas agora o encaram.

— Débito. Débito.

Estende o cartão, a caixa indica que ele deve enfiá-lo
sozinho na maquinha. Ah, claro, a maquininha, e tenta rir
de novo.

Olha mais uma vez a TV, onde um helicóptero faz um
sobrevoo na praia. Há algo acontecendo ali, mas Miguel

não tem tempo. Pega as sacolas e agradece, baixa o rosto e deixa o mercado.

Se a gente olha as notícias, parece que muitas pessoas estão enfrentando a anomalia, mas não; são uns quinhentos até agora na cidade. Formaram três grupos de apoio diferentes porque, claro, não se entenderam e não conseguiram montar uma estrutura única. Há a Sociedade para Amigos das Pessoas Desalojadas, a SAPD; o Grupo de Apoio dos Anômalos, GRAAN; a Associação de Afetados pela Anomalia do Estado do Rio de Janeiro, AAAERJ. Não há sequer, nesse momento, um termo que descreva a situação dos que estão passando por isso, apesar de nos Estados Unidos terem começado a usar *Dislodged*, ou Desalojados, nome que um dos grupos no Rio oportunamente adotou. Ninguém que Miguel conheça sofreu nada nem viu nada estranho. Os cientistas, no entanto, advertem: as mudanças estão ocorrendo em uma velocidade exponencial, começam devagar, vão ganhando momento e, quando a gente se dá conta...

Não, claro que não. Não é o fim do mundo, diz um dos cientistas do painel, o indiano que liderava a pesquisa. Dois homens ao lado dele soltam sorrisinhos irônicos. Não, claro que não. São sete no total, numa mesa comprida no auditório do Grande Colisor de Hádrons, na Suíça. Tentam explicar o que possivelmente saiu errado no experimento. A mulher, que raramente recebe o microfone dos colegas, está sentada na ponta da mesa. É a única com o rosto contraído, e que vai se fechando conforme a entrevista avança.

SUÉTER

Na internet e nos jornais, as pessoas afetadas pela anomalia são ruidosas: minha família não me reconhece; meu emprego desapareceu; eu morava numa casa com piscina, e veja só isso; tinha dois carros. São sempre notícias ruins, de quem *perdeu* alguma coisa. É curioso, diz um comentarista na GloboNews, como ninguém até agora se pronunciou porque acordou com um emprego que paga muito e demanda pouco, ou com um investimento polpudo na Bolsa. Ou, pensa Miguel, quem arrumou outra mulher, como o marido da Deise.

— Isso apenas mostra como nós falhamos como sociedade — diz o físico de barba e rosto infantil, para concluir que os números reais devem ser, *grosso modo*, o dobro do que foi relatado até agora.

*

Miguel se lembra do pai, um engenheiro que gostava de ler as notícias de ciência para falar mal dos redatores do jornal. Ele dizia que só estavam lá porque não tinham conseguido uma vaga nas editorias de respeito. Ria alto na mesa do café da manhã, para mostrar indignação, e assustava a mãe, que sofria dos nervos. Ria, sei lá, quando lia que um laboratório ia fissurar partículas subatômicas, e isso era um problema, porque poderia causar um *loop* destrutivo que resultaria num buraco negro, e aí todos no laboratório morreriam, e depois a Terra inteira seria engolida.

33

— Quanta bobagem!

Era bobagem, até que não era mais. Miguel gostaria que o pai fosse vivo para ver aqueles cientistas respondendo às perguntas no centro suíço. Esses sim fizeram bobagem. Criaram uma fratura no espaço-tempo. Ou é o que a pesquisadora no grupo de físicos está finalmente dizendo, quando Miguel passa com as sacolas pesadas em frente ao boteco. São onze da manhã e as cadeiras já estão ocupadas pelos bebedores de plantão. Todos virados para a TV, cervejas apoiadas em barris vazios e banquetas, esperando o início da primeira partida de futebol do dia.

Miguel coloca as sacolas no chão, abre com a chave a porta de serviço, faz peso com o corpo para vencer a mola resistente e puxa as compras para si. Ninguém o ajuda. A despensa estava vazia, mas agora não está mais. Ele ria das notícias, agora não ri mais. Percorre o corredor estreito e escuro, com cheiro de fritura do exaustor do boteco, os dedos doem nas alças das sacolas, não está acostumado a carregar tanta coisa. O elevador está ali, ele puxa a alça com a ponta livre do mindinho, enfia o pé na abertura e empurra a porta pesada com a perna, está quase lá dentro quando a vizinha pede para esperar.

Agradece e entra com o cachorrinho, Miguel sorri e olha o chão, a vizinha olha o chão, a porta se fecha e o cachorrinho peludo, com uma fita rosa na orelha, cheira as compras aos seus pés.

— Não enche o moço, Pepeu.

A vizinha tem uma filha pequena, ele acha, mas não tem certeza. Baixa ainda mais a cabeça, como se isso fosse possível, e vê as compras entre as pernas, as mãos finas e longas entrelaçadas à frente do corpo, e cada respiração parece denunciá-lo. Pepeu e a vizinha o analisam compenetrados, podem sentir o cheiro da culpa.

— Que loucura, né? — diz a mulher.

— É, que loucura.

Ele sai no seu andar, deseja bom dia à vizinha, mas ouve apenas o rangido da porta. Agita o braço, tentando acionar o sensor de luz, está com mau contato e o porteiro não o tem como prioridade. Miguel não tem carro, não se sente obrigado a pagar as lavagens mensais; tampouco dá caixinha de Natal. As encomendas de Miguel, portanto, sempre ficam na portaria, ele tem de descer e pegar. Mas isso não importa, não importa agora. Tateia a porta, encontra a fechadura, tenta algumas vezes até que encaixa a chave.

Não se esqueceu dele. Nunca se esqueceu dele. É como se um espeto de churrasco de legumes estivesse encalacrado no seu coração.

\*

Quando o reencontrou, Rodrigo estava de volta à cidade em um novo trabalho, conforme ele diria ao longo da noite. Era a festinha de conhecidos num apartamento em

Botafogo, Miguel tomava uma cerveja morna e conversava com colegas no corredor escuro, não esperava muito da noite até que Rodrigo apareceu com uma sacola de supermercado com duas garrafas de vinho. Na outra mão trazia uma garota, quase tão alta quanto ele, cabelos loiros tingidos e mal lavados e boca torta num sorriso cínico. Pensou que talvez não fosse ele, mas era ele, não havia como se enganar. Pomo de adão saliente, dentes grandes e muito brancos. Ele ria e os olhos se fechavam em riscos negros paralelos às sobrancelhas grossas. Miguel se virou atrás de uma sombra no corredor e escapou para o único lugar possível, a cozinha muito iluminada onde parte da festa acontecia. Deixou a cerveja na pia, arranhou as unhas na palma das mãos, acenou para um conhecido cuja presença não havia notado e, como não tinha mais para onde fugir, abriu a geladeira e se enfiou nela. Se curvou e vasculhou as latas entre dois sacos de hortaliças. Procurou a mais gelada, nenhuma delas estava, procurou mesmo assim, tomou seu tempo, se ergueu e bateu a porta. Lá estava ele, o mesmo sorriso, os mesmos olhos apertados. Um vinho em cada mão, procurava um lugar para eles.

— Miguel?

Só Rodrigo consegue usar suéteres como aquele, de nós grossos de casacos de avó, gola laceada, fios soltos, só ele consegue.

*

Miguel não sabe dizer se Rodrigo gosta de batatas fritas, na sua lembrança diria que sim. Não é vegano nem toma conta do corpo, nasceu daquele jeito magro e alto, os cabelos são fortes e pretos, cortados curtos em ondulações compactas. Ao mesmo tempo tem medo de que não goste, que seja outro. Na TV eles dizem que as coisas acontecem de forma muito diferente. Não são os nossos desejos, nem o nosso passado. O que tem acontecido, se é que tem acontecido, são verdades que se mesclam. Nas palavras da pesquisadora do centro suíço, o que estamos vendo são possibilidades perdidas, que voltam a se realizar em conjunção com a nossa realidade, e algumas dessas possibilidades se sobrepõem à realidade. Ela diz que esse é um princípio que existe na natureza, é um princípio quântico, mas Miguel não sabe a que ela se refere.

— São mundos paralelos, doutora? — pergunta um jornalista inglês. Ela pensa, e vai responder, mas o diretor dos estudos, o físico indiano, pede o microfone de volta. O homem balança a cabeça que não, esboça um sorriso irritado ao dizer:

— Isso pertence ao campo da ficção. O senhor está vendo muitos filmes.

Outros ao lado dele sorriem também. Parece que não se tocaram da merda que estão fazendo, porque pelo jeito os efeitos ainda não se revelaram totalmente.

A cozinha, no entanto, *ainda* é sua cozinha. A casa é *sua* casa. Azulejos brancos levemente engordurados, fogão azul, Miguel não é um bom cozinheiro, tentou aprender na internet com uma moça bonitinha e míope que dá receitas superfáceis, com sua ajuda ele até que acertou numa massa com molho de tomatinhos frescos, mas não tinha com quem compartilhar.

A geladeira talvez tenha coisas que ele não reconhece. Um iogurte grego de coco queimado, ele odeia coco. Se fizer uma limpeza profunda, vai encontrar um vidro de pepinos em conserva pela metade, e pode jurar que nunca comprou uma coisa nojenta dessas. A partir de qual nível de detalhe devemos nos sentir afetados pela anomalia?

Mesmo sozinho, seu rosto ruboriza. Não é de pepinos que estamos falando.

*

Rodrigo podia ter escolhido ele, podia ter ficado com ele, mas Rodrigo escolheu ela, a garota loira com queixo pontudo e aqueles olhos, aqueles *olhos*, que pareciam gravar tudo e se fixaram em Miguel com um misto de desprezo e prazer. *Ela sabe*, ele pensou, e baixou o rosto.

— Essa é a Bárbara — falou Rodrigo, e a garota abriu um sorriso malicioso. Suas unhas quebradas estalaram e puxaram fiapos do suéter conforme sua mão corria pelo peito de Rodrigo, ela não desgrudou dele ao cumprimentar Miguel, não desgrudou nem para caminhar pela sala, não desgrudou nem para ir ao banheiro, quero dizer, para ir ao banheiro teve de largá-lo.

— Você vai morar de novo no Rio? — perguntou Miguel, aproveitando a brecha. Fingia tranquilidade, ao mesmo tempo que o relógio ticava. A qualquer momento Bárbara, aquele era seu nome, Bárbara voltaria para se grudar de novo a ele como uma craca.

Na penumbra do corredor o sorriso de Rodrigo era outro, e as sombras erguiam suas sobrancelhas, projetavam seus ombros na parede branca. O jeito como ele olhou Miguel era outro. Intenso, possessivo, o mesmo olhar de quando desceram atrás das arquibancadas de ferro, fazia calor e os fogos estouravam no ar como bombas distantes, os arcos de luz se formavam por trás da cortina de fumaça e não dava para ver nada, apenas os espasmos de luz nos pontos mais altos, a fumaça se expandia e alcançava a orla da praia, as pessoas estavam de branco mas não nós, tinha chovido mas não chovia mais, nossos rostos estavam luminosos com partículas de água e de areia, a fumaça se refletia em seu rosto e você me abraçava e me beijava.

*

Está cedo para cerveja, não são nem onze horas da manhã. Está cedo para vinho. Miguel deixa os sacos de compra na pia e avança pela sala. Há livros sobre a mesa, livros que ele não leu. O sol úmido de domingo se infiltra pela membrana das nuvens e queima as lombadas. Há um vaso na bancada, um vaso de cerâmica com folhas escuras amazônicas que se espraiam entre o sofá e a poltrona, Miguel não sabe cuidar de plantas, nunca soube. Reconhece as lombadas desbotadas, o copo de água esquecido na noite anterior, reconhece as almofadas bordadas, mas não a vida, que passou a ocupar seu apartamento vazio.

\*

Subiam a serra debaixo da chuva, foi o que Miguel soube no velório. Saíram tarde na sexta-feira para não pegar trânsito, e ele quer imaginar que a garota — Bárbara — queria aproveitar todos os dias do carnaval, queria aproveitar, aproveitar, estava estressada no trabalho, o chefe era escroto, enfim, insistiu que subissem naquela noite mesmo. Rodrigo pode ter ficado contrariado, devia estar cansado para sair àquela hora, mas não recusou.

Os caminhões subiam a estradinha de duas pistas, caminhões com duas carretas, com andares duplos como costados de navios, liberados para transitar somente tarde da noite, transformando as pistas numa batalha medieval. Carros hesitantes bloqueiam o trânsito, outros passam pela direita, os veículos pesados ocupam ambas as pistas nas curvas mais fechadas e foi numa dessas, vidros embaçados por faróis e chuva, que Rodrigo varou a mureta de concreto e abraçou o abismo. Voou entre as nuvens e as estrelas, por cima das árvores, por sobre as copas, rasgou as folhas, quebrou os galhos, rompeu os troncos, fogos vermelhos estouraram na noite numa trilha de chamas.

— A lataria virou manteiga — sussurrou um tio insensível.

— Mas que sorte a dela — respondeu a tia, e indicou com o queixo a garota que se recusava a sair de perto do caixão fechado.

Sim, por que ela, como se fosse um milagre. Por que ela. Os olhos inchados de tanto chorar, do acidente trazia apenas um esparadrapo no supercílio direito. Foi atirada pelo para-brisa — os vidros todos já tinham se partido, por isso não quebrou o pescoço nem encontrou resistência, apenas do ar fresco da noite, aquele seu corpo desajeitado varou teias de aranha e destruiu lares, desceu entre os troncos e foi amortecido por uma cama de samambaias, se é que se pode acreditar nisso.

— Um milagre — diz o tio, e a tia concorda.

*

E no final da noite naquele apartamento em Botafogo a festa se esvaziava, mas Miguel insistia em ficar, a cerveja tinha acabado e ele bebia vinho tinto num copo de requeijão, ia ficar e sofrer, mesmo quando só restaram casais e alguém pegou o violão, e a garota, Bárbara, pediu que tocassem Los Hermanos e usava, no final daquela última madrugada, seu suéter, e ela ficava tão pequena dentro do suéter, dentro dele era uma gracinha, um peixinho dourado, o suéter tinha sido feito pra ela.

*

O corredor está fresco, o mormaço triste de domingo não chegou lá ainda, ou é Miguel que treme, treme como se tivesse febre, como se o corpo todo fosse quebradiço e perdesse lascas a cada passo. A porta do quarto está aberta, a persiana erguida. Tudo o que Miguel poderia ter dito para ele. No ano em que trabalharam juntos, ainda que em departamentos diferentes, e conversavam nos almoços, às vezes no *happy hour*, debaixo do toldo circense na rua de paralelepípedos. Na festa de fim de ano, em que terminaram sentados na ponta da mesma mesa comprida, enquanto os outros suavam no karaokê. Naquele fim de ano úmido, quando se beijaram e percorreram os caminhos de areia entre os andaimes, de mãos dadas. Dos dias cúmplices em que se cruzavam tão rapidamente no elevador, tão rapidamente, e era como se a carga elétrica fosse sobrecarregar os sistemas.

— Rodrigo?

Há muitas coisas que o painel de cientistas na Suíça não consegue explicar. Não terão resposta, por exemplo, para as formas romboides que apareceram flutuando a poucas dezenas de metros da praia, e que serão avistadas, nas horas seguintes, ao longo de toda a costa. São como animais infláveis, como nuvens que desejaram ganhar forma definitiva, suas peles escuras e claras refletindo o brilho do sol.

— Se fomos *nós* que criamos essas tecnologias, numa de diversas realidades possíveis — dirá um dos cientistas, um italiano baixinho de cabelos encaracolados —, talvez *nós* saibamos descobrir seu significado.

— Rodrigo?

Miguel para diante da porta luminosa. Olha primeiro o chão de tacos, o coração bate com força e faz vibrar a garganta, e, ao erguer a cabeça, leva a mão ao peito.

O suéter continua lá, estendido sobre a colcha, as mangas para os lados, reto e bem alisado, ainda com seu cheiro, com seus fios de cabelo presos na trama. Miguel caminha em silêncio ao longo da cama e entra no banheiro, constata que está vazio, olha de novo a cama. Se estava em sua gaveta, ele pensa. Se estava em sua gaveta, dobrado às pressas, com marcas de uso, como se tivesse sido colocado ali na noite anterior. E a loção de barba que não é a sua, as duas cuecas que ele não reconhece. Se há um desodorante quase no fim, de uma marca que ele não usa, apoiado displicente na bancada do banheiro.

Ouve um ruído e se vira para a janela. Além da muralha de prédios, o monstro inchado se desloca devagar contra o céu prateado, a pele grossa e cinzenta ofusca a luminosidade e emite um ronco de borracha e fricção, grave em câmera lenta. O ronco ergue uma revoada de pássaros, faz disparar o alarme dos carros. Os vidros sacodem nas esquadrias, os potes vibram sobre a pia no banheiro e, de tantas possibilidades não realizadas, Miguel sabe que uma tem de ser sua.

# MESSIAS

*Cíntia Moscovich*

FOI EU FECHAR A torneira daquela chuveirada a que me permitia todas as manhãs e já escutava o alarido que vinha da entrada de casa: Bernardo, meu irmão mais velho, minha cunhada, os dois sobrinhos e a mãe chegavam para o churrasco de domingo.

Eu sabia que Ricardo, tão bom marido quanto dono de casa, receberia os chegantes e que todos se apressariam rumo à churrasqueira nos fundos do pátio, meu irmão reclamando da caipirinha que eu ainda não havia preparado, a mãe querendo saber se eu tinha água mineral com gás, os sobrinhos loucos para se esparramar no sofá com seus celulares e joguinhos, todos ansiosos pela chegada de Samuel, nosso irmão caçula.

Enquanto me enxugava e me vestia, refiz mentalmente a lista de tarefas: preparar a caipirinha, cortar em cubinhos a batata, que estava cozida desde o dia anterior, bater a maionese e, claro, não deixar que ninguém estragasse a surpresa do dia: iríamos presentear a mãe com um filhotinho de cachorro.

A história era a seguinte: uma colega de trabalho de Samuel, também voluntária numa ONG que abrigava animais de rua, acompanhara o caso de uma cadelinha que havia sido arremessada pela janela de um carro e que, se soube depois, estava prenhe — deu à luz cinco cachorrinhos. A colega de Samuel, caída de amor pela ninhada, começou a fazer campanha pela adoção dos filhotinhos, que, sendo vira-latas, estavam condenados ao desinteresse dos humanos e, portanto, a passar a vida inteira no abrigo. Samuel, o coração mais mole de todos os irmãos, sem nem mesmo nos consultar, havia se candidatado a adotar um dos filhotes, impressionado que andava com a história do abandono da cachorra e com a solidão de nossa mãe. Quando soubemos da possibilidade de um filhotinho, ficamos animados, mas apreensivos: dar a ela outro animal poderia parecer uma afronta à memória de Vesúvio, o pinscher que a alegrou todos os dias dos dezesseis anos em que viveu. Todos tínhamos muito presente a decisão que a mãe tomara assim que Vesúvio fechou os olhos de uma vez por todas:

— Nunca mais quero ter cachorro — asseverou entre lágrimas. E encerrando o assunto: — Não suporto mais nenhuma perda.

Antes de Vesúvio, a mãe perdera Fuji, um pequinês muito bonachão e longevo, e Etna, um vira-lata que a seguira até em casa, mortes que foram mais ou menos bem suportadas porque nosso pai era vivo e porque, mesmo depois que enviuvara, ainda algum filho morava com ela. Eu considerava, no entanto, que a perda de Vesúvio havia arrojado a mãe a uma tristeza colossal, ampliando a solidão em que ela se trancara havia dez anos, desde que o câncer levara nosso pai e depois que, lei da vida, nós três nos casamos e, cada um a seu turno, saímos de casa. O que nos fizera decidir pela adoção do cachorrinho — e que faria com que Samuel chegasse a qualquer momento com o mimo, vindo do abrigo, e até com uma caminha nova, vendida na loja de pets ali perto — era a certeza de que a mãe se derreteria ao ver o bebezinho. Ninguém resistia a filhote de cachorro. Ninguém.

Quando cheguei à churrasqueira, a função já ia adiantada. Minha cunhada preparara a caipirinha num grande copo de vidro, que passava de mão em mão. Ricardo dispusera as carnes numa gamela de madeira e, naquele exato instante, polvilhava costelas, picanhas e maminhas com sal grosso; ao lado, dispusera linguiças, cebolas, tomates e pimentões numa travessa, tudo pronto para ir à grelha assim que o fogo baixasse e o carvão virasse nada mais do que brasas. A mãe, atracada num copo de água mineral, estava sentada no sofá com os dois netos, um de cada lado, assistindo a alguma barbaridade no celular.

Eu coloquei copos, guardanapos, pratos e talheres na mesa, supri de mais farinha de mandioca a farinheira, e já me preparava para fazer a salada de batatas e maionese quando a campainha soou. Era Samuel chegando, só podia. Minha sobrinha mais velha pegou a chave que estava em cima da velha fruteira e foi abrir a porta para o tio. Ficamos todos esperando.

Samuel entrou na área da churrasqueira com um embrulho entre os braços — até nossas respirações, nessa hora, ficaram em suspenso. Em vão, a mãe correu os olhos em busca de alguma explicação para a novidade.

Enrolado em uma toalha muito velha, o serzinho peludo, cor de caramelo, de olhos miúdos e redondos, espremendo-se contra o peito que o carregava, arfava de expectativa e medo. Samuel achou por bem informar:

— Ele chorou quando o tirei de perto dos irmãozinhos e continuou chorando até chegar aqui — só então percebi que Samuel sofrera fazia pouco. — Foi o primeiro da ninhada a ser doado. Eu nem sabia qual deles escolher.

Nossa mãe se sentiu ameaçada:

— Pobrezinho! — exclamou. Num piscar de olhos se corrigiu: — Mas eu não quero um cachorro.

Tínhamos que insistir, mesmo que a mãe se recusasse à ideia. Todos cercamos meu irmão e o recém-chegado. Samuel me entregou uma sacola que havia vindo junto com o filhote, presente da colega: um pote com um pouco de ração e um jacarezinho de pelúcia. Enquanto eu averiguava o conteúdo da sacola, o cachorrinho passava de mão em mão, meus sobrinhos com interjeições de encanto e alegria. Ricardo, lidando com as carnes, só sabia repetir que o bichinho era lindo.

A mãe, que havia ficado sozinha no sofá, se levantou, foi até a beira da churrasqueira e comentou alguma coisa. Na volta, sentou-se em seu lugar à cabeceira da mesa, cruzou os braços sobre o peito e desviou os olhos para o chão. Nossos corações se destroçavam a cada momento em que ela tentava diminuir o risco que corria.

Quanto a mim, eu torcia para que chegasse minha vez de pegar o bichinho, como eu torcia! Ele parecia um brinquedo, tão quietinho se dava a todos os afagos e mimos aos quais era submetido naquela sucessão de colos. Quando meu irmão me deu o pequeninho, eu o recebi toda encantada com o focinho úmido e perfeito, o corpo recoberto daquela lanugem macia e cálida, as orelhinhas pendendo nas laterais da cabeça de bebê e, ainda mais encantada, com as duas patinhas que descansaram sobre meu braço depois que acomodou a bundinha e o rabo no meu colo.

Nesse momento, senti que a mãe me observava com o cachorrinho. Com muito vagar, caminhei até ela e ofereci o filhote. Ela o pegou com dedos medrosos, flácidos de hesitação, as duas mãos em volta do corpinho peludo, toda desajeitada e inexperiente, como se nunca tivesse tocado num cachorro. No seu colo — ela o pusera, parado, sobre as pernas — o cachorrinho piscava com lentidão;

o rabinho, que se elevava no ar como uma grande vírgula, abanava, faceiro. A mãe deitou-o no antebraço como quem embala uma criança, a barriguinha muito rosada para cima, as patinhas espetadas para o ar. Sem que nos déssemos conta, no entanto, ele se desvencilhou da posição e, num movimento acrobático, escalou o peito e os seios da mãe; com as patas dianteiras apoiadas nos ombros, deu uma grande lambida no rosto dela. Todos vibramos com a investida, porque sabíamos que aquele era o momento em que todas as resistências se partiriam. A mãe estreitou o bichinho contra o rosto, os olhos se tornaram líquidos e ela falou:

— Não faça assim, meu amor.

Eu senti uma fisgada no peito e uma onda de alegria percorreu o ambiente. Aquele era o momento perfeito. Bernardo, tentando um golpe de misericórdia, perguntou se ela não queria mesmo o filhote. Ela foi vaga na resposta:

— Tenho que pensar.

Samuel guardara a arma mais poderosa para o momento em que necessitasse dela:

— E pensar que a mãe dos filhotinhos foi jogada pela janela do carro.

Nossa mãe arregalou os olhos: do que ele estava falando?

— É como lhe digo, mãe. A cachorrinha, grávida, foi jogada pela janela do carro.

A mãe se horrorizava cada vez mais enquanto Samuel contava os detalhes do resgate da cadela, o tratamento no abrigo, o parto e os cinco filhotinhos. No fim do relato, ela exclamou:

— Que bom que ela não perdeu os filhinhos.

Samuel foi rápido:

— Bom? Cachorros sem raça nascem para serem rejeitados.

Nesse preciso momento, o cachorrinho deu duas lambidas na mão de nossa mãe.

Samuel foi impiedoso:

— Se ninguém vai ficar com ele, tenho que devolver até o fim do dia. A ONG fecha às sete.

— Aceitam devoluções? — essa era minha sobrinha.

Samuel fez um sinal positivo com a cabeça.

Minha mãe ajeitou o cachorrinho sobre o antebraço esquerdo e, com o braço direito, tomou um grande gole de água. Bateu com o copo na mesa:

— Vocês falam como se bicho fosse mercadoria. Não basta o que já sofreu? — com a mão livre acariciava o nenê que quase adormecia sobre suas pernas.

Resolveu apelar para mim:

— Minha filha, por que você não fica com o cachorrinho?

Ricardo era louco por cachorros, havia horas tentava me convencer a adotar um bichinho, coisa que eu sempre rechaçara com energia. Quanto a mim, eu não tinha o menor jeito para criar bicho, estava com tantas aulas no colégio, além do mais, Ricardo tinha o emprego na repartição, cachorrinho dava tanto o que fazer, ensinar a fazer xixi e cocô no pátio, dar a comidinha na hora certa, banho, tosa, despesas; enquanto eu falava, meus irmãos aquiesciam com a cabeça, como se conhecessem de antemão as desculpas. Eu só não disse que tinha horror à ideia de que aquela coisinha ia ficar velha e morrer, justo como havia se passado com os outros cachorros da mãe, com a diferença de que, se meu fosse, tocaria a mim tentar salvar o animalzinho.

Nossa mãe suspirou de forma muito profunda e nós fomos entendendo que ela cedia.

— Fico com ele — capitulou por fim.

Foi uma festa, que ela recebeu muito contrariada. Os dois netos correram a abraçar a vó e o bichinho. Ricardo ergueu um brinde com a caipirinha.

Em meio ao alívio, minha cunhada quis saber o nome que a sogra daria ao recém-adotado. Ela nem precisou pensar muito:

— Messias.

Todos ensaiamos protestos, aquilo não era nome que se desse a cachorro, melhor ela voltar aos nomes de vulcões. A mãe foi taxativa:

— Gosto da Torá e dos nomes religiosos. Messias.

Consideramos todos que a intenção da mãe era das melhores e que, dentro de certa ótica, o cachorrinho era uma espécie de salvação.


A solenidade da chegada do nenezinho foi dando lugar à ordem prática do almoço de domingo. Messias foi para o chão, um boneco de uma pelúcia levíssima, que dava corridinhas atrás de um e de outro pela área da churrasqueira. Os sobrinhos colocaram água num potinho e, numa embalagem usada de passas de uva, a mãe serviu a ração, almoço ao qual ele se atirou como se fosse a última coisa a fazer no mundo. Samuel foi até o carro e trouxe a caminha de cachorro, nova em folha, caso o pequeno quisesse sestear. Eu achei aquele movimento a coisa mais linda do mundo, mas não quis olhar muito para Messias. Quando Ricardo anunciou que ia colocar as linguiças no fogo, lembrei que nem havia batido a maionese.

Atravessei o pátio e fui até a cozinha.

As batatas, cortei-as em cubinhos e as depositei numa vasilha, esperando o molho de ovos e azeite, aquele que faria logo a seguir.

Estava descascando os ovos cozidos quando escutei uns gemidinhos chorosos que vinham da porta da cozinha. Fui depressa até a origem dos gemidinhos e lá estava Messias, parado diante do degrau de acesso à casa: parecia óbvio que ele tentara subir, mas não conseguira. Ao me ver, o choro aumentou em urgência de mágoa; de nada adiantava eu dizer que ele não precisava ficar assustado, estava em família, esperasse só um pouquinho, eu ia chamar a nova mãe dele, que era também a minha mãe — e cada gemido era a pura denúncia de minha inabilidade em ajudá-lo. Messias só parou com o choro quando, afinal, tomei-o nos os braços e, como se fosse irresistível, tapei a pequena cabecinha peluda de beijos. O coraçãozinho dele batia feito um dínamo e a respiração, muito entrecortada de ânsia, era espessa de abandono. Eu fiquei tão impressionada que, sem alternativa, quase chorei também.

Já ia levando Messias para a churrasqueira, quando a mãe entrou esbaforida na cozinha:

— Graças a Deus, ele está aqui. Procuramos por todo o lado — e me arrancou o cachorrinho dos braços. — Ele parece gostar muito de você — falou, não sem certa mágoa.

Depois que a mãe levou o cachorrinho de volta, fui, inquieta, fazer o que eu tinha que fazer. Esmaguei três gemas em uma tigela funda e larga. Separei duas gemas cruas e misturei às cozidas. Pensava no olhar redondo de Messias e nos gemidos de cortar o coração ao mesmo tempo que derramava um fio muito fino de azeite de milho sobre as gemas e mexia com vigor. Azeite e ovos foram tomando discreto corpo, homogêneo em sua tonalidade de sol, um tom dourado que se parecia à pelagem do cachorrinho, tão macia; aos poucos, sem parar de mexer, fui acrescentando diminutos fios de óleo, e incorporava tudo com movimentos circulares do garfo, esmagando alguns pedacinhos reticentes da gema cozida contra as bordas do prato, imaginando os irmãozinhos de ninhada de Messias, a maldade que havia sofrido a mãe dele, a imensa mágoa e o espanto de ser arrojado num lugar distante. Logo eu havia acrescentado o equivalente a uma xícara de azeite àquela emulsão, eu queria que o cachorrinho soubesse o quanto era gracioso e que jamais sofresse da solidão por estar longe dos seus, e o resultado de eu tanto bater e misturar se doava num generoso creme amarelo, fofo de tanto ar com que eu trouxera a seu interior, robusto de gordura.

Eu acrescentei a maionese às batatas, misturei com vigor e coloquei a salada numa grande travessa. Enfeitei tudo com folhas de alface, rodelas de pimentão vermelho e azeitonas pretas. O prato me parecia tão alegre, uma alegria que me vinha quase de graça, como vinha de graça, e eu entendi de repente, a alegria que é um filhote de cachorro.

Na churrasqueira, o primeiro ser que me recebeu, rabo em festa, foi Messias, como se fosse um velho morador da casa. Já a mãe descascava as cebolas, que haviam assado com casca sobre a grelha, e, a seguir, cortava-as em quatro partes; meus sobrinhos e minha cunhada partiam os tomates e pelavam os pimentões, benzendo-os com fios de azeite de oliva e um pouco de sal. Ricardo servia o pão, que havia sido lambuzado de manteiga com alho e saía crocante da churrasqueira, e o comíamos junto a grandes pedaços de linguiça. Era uma felicidade termos o cachorrinho e termos fartura, mas uma ideia me desvirtuava um pouco a fome. Quando a carne ficou pronta, todos nos atiramos aos cortes de churrasco.

Quer dizer: todos menos eu, que, junto com Samuel e sem combinar nada com ninguém, resolvemos sair e fazer ainda outra surpresa.

Na volta de nossa missão, quando Samuel e eu entramos na churrasqueira carregando outra novidade, ninguém parecia acreditar no que via. Não quis dar muitas explicações, mas sei que eles, e muito mais Ricardo, compreendiam.

Assim, e embora a louça suja se amontoasse sobre a pia, garrafas de refrigerantes e cerveja se enfileirassem sobre a mesa, Ricardo, minha mãe e meus irmãos surpresos mas deliciados ficamos admirando a nova moradora da casa que, em pausas do brinquedo de levar de um lado a outro as folhinhas caídas de uma árvore do pátio, devorou três porções de ração e, sem cerimônia alguma, fez duas enormes lagoas de xixi no piso da churrasqueira — com a devida solidariedade de Messias.

Apadrinhada por Samuel, que se contentou com pedaços frios do churrasco, Ricardo deu a ela o nome de Eva.

Nossa mãe se animou um pouco. Duas vezes na semana trabalha no abrigo da ONG, faz cobertas de tricô para os bichinhos maltratados, vende rifas para comprar ração, vacinas e vermífugos. Está seriamente inclinada a adotar mais dois cachorrinhos que nasceram lá mesmo no abrigo.

Já tem os nomes: Neguev e Sinai.

# NOSSOS OSSOS

*Giovana Madalosso*

SEUS OSSOS ME COMOVEM. É como se um vento tivesse batido na sua mão e empurrado todos os dedos em direção ao mindinho. Uma mão como um lenço ao vento, se despedindo da vida. Foi assim com a sua mãe, está sendo assim com você, provavelmente será assim comigo. Quando nossos ossos se vergam é porque alguma coisa já se vergou por dentro.

Coloco a mala no chão e te dou um abraço. Que saudade, pai. Meus pés que rodaram o mundo encontram os seus, que nunca saíram daqui. Estão entrecruzados no chão de lajota, minhas sapatilhas apontando para a cozinha, seus chinelos para a rua. Penso na vontade que você deve estar sentindo de sair pela porta e percorrer o caminho que nunca deixou de percorrer, um único dia, desde antes de eu nascer. Lembro-me das vezes em que me levava junto. Acordávamos antes do sol, o dia nascendo pelos vitrais coloridos do Mercado Municipal, você carregando os tomates que virariam molho, eu ganhando um pirulito como compensação pelo meu companheirismo. Você segue se levantando cedo. Vejo pela casa já arrumada às oito da manhã, o café tomado, sobre a toalha de flores marrons só a garrafa térmica e algumas migalhas de pão.

Você me leva até o quarto que um dia foi meu com aquela formalidade que levava os clientes até a mesa, as costas se curvando um pouco ao apresentar o espaço. As paredes não sabem que fui embora. Seguem segurando com galhardia os pregos atrás de quadros que ninguém mais olha: um Monte Fuji bordado pela minha nona, um pôster desbotado de bailarinas do Degas.

Tomo um banho e vou te encontrar na cozinha, onde você já começa a preparar o almoço, as mãos inquietas para fazer alguma coisa. É estranho te ver cortando uma única cebola, acendendo uma única boca de fogão. Mais estranho ainda é ver você cozinhando só para mim. Casa de ferreiro, minha mãe sempre falava, enquanto abríamos as quentinhas trazidas do restaurante, para depois dormirmos exaustos no sofá. Lembro de um Dia dos Pais em que você saiu para o mercado antes de eu acordar e só fui ver você já na frente das fritadeiras, suas mãos de polvo soltando sei lá quantos pratos, o pescoço vermelho de calor e pressa, enquanto minha mãe gritava os pedidos na boqueta. Eu devia ter uns quinze anos, estava começando como garçonete, nunca tinha pegado o salão tão cheio, e posso me ver gritando com você, vai rápido seu idiota que os clientes estão reclamando. Só fui me tocar que era Dia dos Pais e te dar um abraço lá pelas seis da tarde, quando divisei sobre as mesas vazias uma embalagem de presente rasgada, acenando para mim como um lembrete. Não me senti culpada. Era assim no Dia dos Pais, das Mães, das Crianças. Nos sábados, domingos e até nas terças em que alguém resolvia fazer uma festa e assistíamos à vida passar na frente do balcão.

Não posso dizer que não nos divertíamos, mas à nossa maneira. Lembra da Cantina do Ciaccio?, penso mas não verbalizo, vendo você entretido com alguma coisa no armário. Usávamos a nossa única noite de folga para visitar outros restaurantes. Não sei se íamos para curtir — vocês nunca foram de beber e estavam sempre exaustos demais para cavarem prazeres —, mas gostávamos de roubar cardápios para comparar os preços depois. Eu e você sempre vigiando o garçom, a mãe tentando enfiar o menu na bolsa. Como ríamos quando eram grandes demais, dos malabarismos que ela precisava fazer para embolsar folhas altas e duras ou tábuas medievais.

Ainda tem muita saudade dela?, agora pergunto em voz alta, minhas palavras se sobrepondo ao borbulhar da panela. Você me olha de um jeito que diz tudo. E não tem visto ninguém? Às vezes teu tio aparece, você diz, e já posso imaginar os dois irmãos sentados na sala, assistindo à tevê sem assistir, a tela um subterfúgio para a dificuldade de entabular uma conversa. Até isso é preciso aprender: a conversar. E na pobreza em que você foi criado, no parreiral devassado pelas geadas, nada se jogava fora, quanto mais conversa. Talvez o problema da nossa família nem seja a falta de ânimo para cavar prazeres, mas a completa ignorância do que são e de onde encontrá-los, como se fossem presas que certos cães aprendem a farejar desde pequenos com suas matilhas e que não podem ser encontradas por um leigo depois que seu faro se consolida. Tanto que também não sou boa nessa prática, o pouco que sei aprendi depois de velha, em outras matilhas.

Pelo menos comer, comemos bem. O prazer permitido, escondido dentro da desculpa da subsistência, cozinhado discretamente por gerações de mulheres que traficavam dentro de raviólis a sua carta de insurreição contra a dureza. Você aprendeu bem as receitas. Antes de servir, limpa a borda do prato — jamais se serve uma borda suja —, depois coloca a massa à minha frente. Dou uma garfada atrás da outra. Elogio de boca cheia, regredindo no tempo através das papilas. Você dá risada. Sei que adora me ver desse jeito. Sugiro que depois do almoço a gente dê um passeio. Você diz que não pode, tem que arrumar a cozinha. Olho para as panelas que lavei enquanto você cozinhava, para a bancada quase limpa. Insisto: o dia está lindo.

Saímos pelo bairro onde nasci. Uma periferia de pequenos comércios: Armarinho Roma, Sapataria Veneza,

Mercearia Dolce Vitta. Há uma tristeza naquelas fachadas simplórias, talvez porque eu saiba que a maioria de seus donos nunca pisou no lugar ao qual presta homenagem. Na frente do cemitério, você faz o sinal da cruz, não sei se por hábito ou respeito aos nossos falecidos. Não quer ver tua mãe?, você pergunta apontando para o portão de ferro e, depois de pensar nela com saudade, quase dou risada: só você pra sugerir um programa desses num domingo. Seguimos caminhando naquela aridez de Brasil largado à própria sorte: sem praças, bancos, árvores. Aponto para um bar de esquina. É um lugar simples, só mesas e cadeiras amarelas de plástico e uma caixa de som na calçada. Mesmo assim parece um oásis. Vamos nos aproximando. Você cumprimenta com um oi breve os clientes nas mesas. É gente do bairro, todo mundo se conhece. Percebo a surpresa deles ao ver você pegando uma mesa e me dou conta de que talvez seja a primeira vez que você se senta num boteco. Pergunto se topa dividir uma cerveja. Você é gentil demais para dizer que não, especialmente a uma mulher, mesmo sendo essa mulher a sua filha, e logo os copos pousam à nossa frente.

Ficamos bicando a cerveja em silêncio. Você cruza e descruza as pernas, procura um lugar para enfiar as mãos. Talvez seja mais fácil trabalhar sem parar do que encarar o ócio com sua inescapável vista para o vazio. Encho mais um copo para mim e para você. Um pouco depois, percebo sua mão batendo na mesa, os ossos tortos em concha marcando o ritmo da música. Também vejo seus lábios murmurando um pedaço da letra. Presto atenção no que sai da caixa. É um sucesso que tocou durante anos em todo e qualquer evento que faziam no restaurante. Você percebe que estou te olhando e para de mexer a mão e a boca. Eu disfarço um sorriso.

# UM DOMINGO SEM FIM

*Carlos Eduardo Pereira*

## Por cima

— Se você não sabe eu posso te dizer tudinho o que que aconteceu, é porque eu sei de tudo, eu vejo tudo, pode crer, uma semaninha só e uma pá de gente não se lembra mais, geral não sabe mais, uma maioria faz questão de não saber de nada, foi no domingo passado, cedinho: acordo com barulho de tiro e zoeira das hélices do Globocop, mais de duzentos agentes do Estado invadindo a favela, o repórter se empolga narrando que um grupo de sete e de nove e de quinze indivíduos armados progridem de uma laje pra outra em direção ao coração do morro, anuncia que devido ao extraordinário do plantão de notícias é muito provável que o final do *Santa Missa Em Seu Lar* fique pra outro dia, por trás da cortina vejo homens de fuzil entrando pelo beco e começo a gravar numa *live* no Instagram, meu amigo logo deixa um comentário: me ajuda pelo amor de Deus que eu tô ferido de bala mas não tô pior que um outro amigo aqui que tá quase morrendo de frio e morrendo de medo de morrer sozinho mas ainda assim ele me diz mete o pé que ainda dá pra tu mete o pé e eu digo hoje eu vou morrer contigo meu irmão pode crer mas ainda tenho uma esperança minha amiga me ajuda pelo amor de Deus junta as menina e entra aqui no beco que os polícia vão ter medo de fazer covardia diz se quiser me prender que me prenda mas não mata não entra na frente minha amiga aponta o celular nas fuça deles e avisa que tá transmitindo tudinho na hora diz que ainda hoje as cara deles vão passar no *Domingão* e no *Fantástico* também quebra essa pra mim minha amiga me ajuda pelo amor de Deus, só que só deu tempo de ouvir vários tiros, até tirei os fones de tão poderoso o estrondo dos tiros entrando tanto pelo celular quanto pela janela da sala, pensei: outra vez vai ter pilha de vinte trinta corpos na entrada da comunidade, e não vai adiantar dizer pros vermes que empilhado ali só tem gente de bem, que ali tem feirante, mototaxista, aposentada, que ali pode até ter bandido também só que todos sabemos que é tudo vapor, e vapor não anda nem armado, vamos ser obrigados a ver boa parte desses vinte trinta corpos varados de bala mas é pelas costas, que nem meu amigo do beco, que nem o menino visto sendo conduzido algemado pelo morro logo antes de tombar nessa pilha também, a gente daqui vai ter que conviver com caixa-d'água furada, com transformadores explodidos nos postes, vamos sobreviver vários dias sem água e sem luz, viver com buraco de tiro em parede, por cima de outros buracos de tiros antigos nas mesmas paredes e a gente não tapa os buracos não pinta as paredes e é de propósito, a gente se cansou de acontecer de novo, a gente resolveu reagir, se dizem que perante a Justiça e a Deus somos todos iguais, se dizem que geral tá nesse mesmo barco eu pergunto: é isso mesmo?, a gente é todo mundo igual?, e quais são as chances de a polícia arrombar a sua porta agora, sem mandado sem nada, só quatro cinco sujeitos de preto de colete e touca ninja até os dentes de pistola, de bazuca e de fuzil, esses caras invadindo a sua casa pra pegar bandido, suposto bandido, né?, porque esse bandido ainda não teve julgamento, ainda não foi condenado, ou foi, a sociedade olha pra ele e diz é claro que é bandido e pronto, me diz quais são as chances de chegarem no quarto de uma filha sua e vazarem de tiro um moleque que encontrarem por aí, me diz quais são as chances, será que essa criança, que essa filha sua, será que ela dorme direito depois?, que sonhos ela deve ter tido a semana todinha depois disso que lhe aconteceu?, após sete dias será que saiu o manchado de sangue no chão?, o cheiro de sangue entranhado nos brinquedos dessa sua filha, em uma semaninha, será que saiu?, e o pai do garoto que foi e voltou todo dia, a semana todinha, passou pelo muro e quintal cravejados de trezentos buracos

*Carlos Eduardo Pereira*

de bala perdida onde o filho morreu, será que ele já se esqueceu?, eu acho que não, não pense nem por um segundo que a comunidade se esqueceu, que os parentes, que os amigos, por aqui ninguém se esquece, não pense que isso vai ficar barato, se a chance de ocorrer uma desgraça dessas na sua família é de zero por cento, não me venha dizer como eu devo sentir, não venha dizer como eu devo fazer, não me vem, o Rio de Janeiro é uma cidade onde um menino descalço e sem camisa correndo na rua é encarado de forma bastante distinta dependendo de uma cor de pele e de um cabelo se é liso ou se é crespo, quando foi que saiu no jornal que um caveirão entrou por uma dessas vilas em, digamos, Botafogo atrás de bandidinhos vendedores de drogas e coisas roubadas?, escolhe uma dessas boates da Barra e me diz o que temos ali: dezenas de jovens bebendo, dançando, eventualmente consumindo drogas, não é precisamente o que se vê num baile funk?, dezenas de jovens bebendo, dançando, eventualmente consumindo drogas?, que comoção geraria uma mocinha branca, na primeira gravidez, baleada na cabeça nas calçadas do Jardim Botânico após uma ação desastrada da polícia civil?, se você parar no Baixo Gávea numa noite de segunda, ou de terça, ou de quarta, qualquer noite, lá você vai ver vários playboys traficando qualquer tipo de droga que você quiser, pode crer, só que não vai ver polícia esculachando ninguém, diz pra mim por que que o filho do bacana vai sempre poder e o favelado não, diz pra mim: é todo mundo igual?, todo mundo tá dentro desse mesmo barco?, eu acho que não, de domingo passado pra cá nós tomamos essa decisão, e seguimos nessa decisão, a gente finalmente disse chega, faz uma semana que o morro decidiu viver o morro, e assim que vai continuar, a gente não vai mais descer porque somos totalmente autossuficientes, em uma semana só fortalecemos uma rede que já existia só que a gente não botava fé, as comunidades cariocas, unidas, só se articulando e descobrindo maneiras de tocar a vida sem contar com ninguém, a gente vai cuidar da gente, *tudo que nós tem é nós*, essa vai ser a nossa reação: o bacana que lave sua própria cueca, a madame que faça seu próprio suflê, porque de domingo pra cá nós decidimos chega, o asfalto vai ficar no asfalto, e o morro não vai mais descer, pensa aí pra depois responder: o paraíso do rico, meu nego, é o quê?, inferno: o que é céu pra mim vai ser inferno pra você.

## Por baixo

— A menina que trabalha aqui em casa, que tem toda condição de assumir suas responsabilidades, já que tive o cuidado de selecionar alguém dessa comunidade aqui pertinho, vinte minutos a pé da portaria do prédio até o pé do morro, justamente pra evitar situações como essa, não foi porque assim economizo com dinheiro de passagem, não, foi pensando na comodidade dela mesma, quem não quer um trabalho pertinho de casa?, qualidade de vida, quase nunca se pede pra ela ficar depois da hora, a não ser que surja um imprevisto no escritório, ou na agência da minha mulher, é quase nunca, e quando acontece eu pago um valor adicional no fim do mês pra compensar, não é nada de graça, não, é um combinado nosso que às dezoito em ponto ela largue as tarefas de limpeza da casa e desça pra esperar minha filha, trazida pelo transporte escolar, as tarefas mais domésticas sempre vão poder ser cumpridas num dia seguinte, problema nenhum, a prioridade aqui sempre será minha filha, e é combinado também que depois lhe dê banho, e depois o jantar, na sequência é escovar bastante seus dentes de leite, já que faço alguma vista grossa pras besteiras que ela deixa a criança comer de sobremesa, em seguida minha esposa deve estar chegando em casa, problema nenhum, e com pouco mais de vinte minutinhos ela chega lá na casa dela, quase sempre a tempo de assistir à novela das oito, ela teve totais condições de assumir suas responsabilidades, poderia muito bem ter vindo trabalhar na semana inteirinha, poderia mas não veio, e vamos combinar que aquela confusão que aconteceu no domingo passado não foi nem nessa favela onde ela mora, parece que lá é tranquilo, e não pense que eles estão no sofrimento, não, a semana inteira teve baile funk por lá, que daqui dá pra ouvir muito bem, toda noite teve festa, eles estão comemorando exatamente o quê?, a boca de fumo será que fechou?, os bandidos por acaso estão levando prejuízo?, eu acho que não, e faço questão de chamar pelo nome correto: favela, hoje em dia as pessoas chamam de comunidade, mas o nome correto é favela, isso começou quando a Globo passava um programa aos domingos na hora do almoço, o discurso é que melhora a autoestima das pessoas de cor, só que é jogada de *marketing*, eles tentam vender a ideia de que ser favelado é bonito, que é preciso ter orgulho de ser favelado, daí vão fazer rolezinho no shopping, vão se pendurar nas cotas pra fazer faculdade, vão ficar tirando onda de iPhone importado, a própria apresentadora dizem que é um nojo na vida real, que aquela simpatia toda é na frente das câmeras, quando a gravação termina ela trata todo mundo feito lixo, mas como é famosa bota banca de amiguinha de pobre e a sociedade acha muito bonito, isso é pura hipocrisia, e eu pergunto: é justo isso?, eu acho que não, minha esposa inclusive deu apoio pra esse movimento quando começou, até divulgou a *hashtag* do comunidade autossuficiente, o #omorronaovaimaisdescer, no comecinho, geralmente quando ocorre alguma coisa assim os moradores de favela vão queimar pneu no asfalto, fazem seus protestos com cartaz, e não atrapalham tanto o movimento na cidade, o fato não foi no domingo passado?, então, já tem uma semana, desce lá, faz a sua manifestação, enfim, fica o registro, mas depois vida que segue, o Rio não pode parar, só que agora dessa vez tá um pouco demais, isso de quem mora na favela não descer pro asfalto já passou dos limites, ficamos a semana inteirinha sem transporte público, sem ônibus, sem trem, sem metrô, e sem barca, e sem BRT, ou sem VLT, não sei a diferença, e quase não tem taxista rodando, quando tem é com tarifa inflacionada, com uber é do mesmo jeito, dei sorte que semana passada enchi o tanque, mas estou preocupado se o boicote vai continuar, e as ruas estão na maior imundície, tem lixo espalhado nas calçadas, além do mau cheiro vai trazer doença, anota aí: a gente tá vivendo no inferno, e o supermercado que não funcionou a semana todinha por falta de caixa, e de segurança, e de repositor?, restaurante também tá fechado, e lanchonete, tá muito difícil, a padaria lá da esquina do canal até tá funcionando mas de forma precária, não queira saber da dureza pra comprar mantimentos: hoje acordo um pouquinho de nada mais tarde, afinal é domingo, e já encontro a padaria com as portas arriadas, acabo conseguindo chegar no funcionário que controla entrada e saída de clientes e ele me diz que já não tem mais senha pra distribuir, que a loja tá cheia, que não vai ter jeito, coloco uma nota de cem dobradinha em seu bolso e me afasto da aglomeração, fico quarenta minutos de pé sobre um caixote de madeira que encontro a uma distância boa pra manter contato visual com o funcionário até que ele indica com o queixo e com uma viradinha de cabeça que é pra eu me dirigir pros fundos do estabelecimento, na rua de trás, lá um sujeito de cara amarrada aparece a partir de uma porta de ferro, me passa uma sacola e some pela mesma porta, dentro da sacola encontro um pacote de quinhentos gramas de fusilli, um quilo de açúcar mascavo e um croissant, acabo voltando pra casa, ainda preciso encarar os dezenove lances de escada até o meu andar, a semana inteirinha foi assim, eu tive que usar as escadas pra ir pro trabalho, os elevadores sociais, pra piorar, estão parados pra manutenção, então são esses dezenove lances pra descer e depois pra subir no fim do dia, a lixeira aqui do nono tá até transbordando pelo corredor, não demora e salta um rato ali de dentro, todas as manhãs dessa semana eu mesmo precisei sair do carro pra abrir o portão da garagem, e depois deixar o carro com o motor ligado do lado de fora pra fechar o portão novamente, isso é muito perigoso, vai que nesse meio-tempo aparece um marginal pra me render, ou invadir o condomínio?, porque os cabras contratados pra fazer a segurança da rua desapareceram, a PM também tá operando num sistema a meia-boca, eu li que os policiais favelados não estão saindo pros seus batalhões com medo de que sejam identificados como agentes da lei, a semana inteirinha minha esposa precisou ela mesma levar nossa filha na escola, que graças a Deus tá funcionando num esquema lá que eles fizeram pra atender as crianças no turno da tarde, e ela também precisou cozinhar, e limpar mais ou menos a casa, isso trabalhando em *home office*, eu acho que já deu, né?, amanhã é segunda, é dia de branco, e eu só quero ver como é que as coisas vão ficar, precisa botar essa gente pra descer o morro, o nome é desobediência civil, precisamos retomar uma normalidade, o governo ficou de tomar providências, o prefeito tem que convocar exército, uma guarda, sei lá eu, decretar estado de calamidade, porque é isso, esse estado de coisas tá um verdadeiro caos, é simplesmente impossível *viver com esse cada um por si*, é questão de segurança nacional, a sociedade carioca hoje clama por justiça e ordem, a sociedade brasileira, pois não pense que essa coisa vai parar por aí, dizem que certas lideranças desse movimento estão se articulando com as de outras cidades e o temor é que a onda se alastre por todo o país, isso não vai terminar nada bem.

# BIOGRAFIA E CORRESPONDÊNCIA

*Adriana Lunardi*

DAQUELE PONTO ELA TEM uma boa visão de quem entra. Está de costas para a estante, levemente apoiada na prateleira que fica na altura do quadril, um livro aberto entre as mãos. Inês (digamos que seja o nome) parece concentrada na leitura. Seus olhos, porém, saltam da página a todo instante para atualizar o número de pessoas no local, quais são seus portes e fisionomias e em que corredores se encontram.

O movimento não costuma ser grande àquela hora, mesmo assim é forte o bastante para que não se preste atenção especial em ninguém.

Um homem de rosto seco e pomo de adão imponente vaga por entre as estantes com um ar de vampiro empanturrado. Nas poucas vezes em que se detém, atraído por um título, não leva o tempo de duas piscadas para descobrir tratar-se de um truque da imaginação, uma peça jocosa para testar o rigor de bibliófilo a que nenhum segredo editorial escapa. Ele retoma o passo vigilante com as mãos entrelaçadas às costas e a testa franzida a espremer, talvez, a resposta para a diferença entre desespero e medo ou, por diversão, a semelhança entre um corvo e uma escrivaninha.

Na seção Juvenil, uma dupla vestindo uniforme de futebol tenta abafar a euforia ante uma edição comemorativa de Harry Potter. Perto deles, uma cabeleira castanha gira em fúria um *display* com edições de bolso. Nenhum mede mais de um metro e sessenta. Inês reprova-os e desvia o olhar.

No balcão, das três caixas registradoras apenas uma está em funcionamento, o que faz juntar, mesmo num domingo, uma eterna fila de dois ou três compradores. O controlador de compras não está ao alcance da visão de Inês, mas ela pode ouvi-lo cantarolar a conta, agradecer o pagamento e despedir-se do cliente.

A única vendedora está ocupada com a lista de uma senhora magra, metida num casaco marrom com punhos e gola de pelo, a lembrar um retrato gasto de Malvina Cruela. A atendente se certifica da disponibilidade no terminal de consultas, vai até uma prateleira, faz deslizar a ponta do indicador numa sequência conhecida e saca o exemplar. Volta ao posto e começa tudo de novo. A satisfação e a frustração alternam-se no rosto de Cruela, enquanto a outra mantém a expressão lisa de quem confere apenas se as mercadorias constam no estoque. Remédios, em vez de livros, dariam no mesmo.

As duas cabeças inclinadas sobre as balsas de lançamentos não irão se demorar. Mal ultrapassaram o saguão e deram de cara com aquela bancada de feira, instalada ali para facilitar a visita do leitor de ocasião, aquele que só aparece para adquirir o policial que o apresentador de tevê, aquele engraçado, acabou de lançar, ou a biografia escabrosa do ex-atleta viciado em crack. São os únicos compradores a entrar sorridentes, convictos de suas escolhas, para saírem encurvados, com uma sacola magra entre os dedos e a latejante desconfiança de estar levando o peixe menos valioso de todo o cardume.

No alto da parede, o relógio avançou dez minutos desde a última vez que Inês o consultou. Mudanças haviam ocorrido no ambiente. A dona do casaco de pelo sumira e um homem com uma proibitiva mala de rodinhas flertava, agora, com a vendedora. Um rapaz de camisa branca, comprido feito uma vela, acaba de entrar e vai direto à seção de literatura estrangeira, a mais concorrida de toda a loja. De imediato, o porte o qualifica. Sob o tecido fino da roupa, uma sugestiva armadura torácica acena um convite. A respiração de Inês torna-se curta, as pálpebras piscam mais rapidamente. Hora de entender os movimentos da presa.

Inês observa o rapaz rodear o móvel baixo sobre o qual os livros foram dispostos em pequenas pilhas com a capa voltada para cima. Enquanto executa uma volta no sentido anti-horário, ele mantém o braço esquerdo suspenso, enquanto a mão, em sobrevoo, pousa a ponta dos dedos vez por outra, como a medir a palmo a quantidade de títulos. Não é um leitor, Inês compreende, ao vê-lo contornar a mesa uma segunda vez. Talvez seja um desses cérebros misteriosos que, para manter o equilíbrio do universo, necessitam achar o número de ouro em todos os objetos, caso contrário algo ruim acontecerá. Sem parar, ele move os lábios a fazer os cálculos que evitam a catástrofe — retardam-na, ao menos, porque é da natureza das catástrofes mudar as variáveis assim que ele consegue demonstrar o seu teorema.

Os clientes começam a lançar olhares de censura ao setor de Arte, onde o rapaz tenta, agora, encontrar a simetria perfeita entre as constelações e os grandes formatos de capa dura.

Inês, tomada de pudor, recolhe-se à leitura.

Lugares assim, ela sabe, costumam expulsar quem vem em busca da verdade. As grandes expectativas devem ser deixadas na entrada. Depois de uma primeira impressão acolhedora daquele templo secular, uma versão comercial da biblioteca, o fantasma da ignorância se materializa, a debochar da procura vã por um sentido ou um esclarecimento e, numa intimidação maligna, empurrar os oficiantes do progresso porta afora, cuspindo uma cópia esmaecida do que eles eram antes de pisar ali.

Um lugar perfeito para Inês fazer o que faz.

O ambiente de quarto fechado a obriga a desafogar o pescoço. Desabotoa só a primeira casa da jaqueta, a economizar nos gestos e confundir-se por camuflagem com a floresta de lombadas às suas costas. E espera.

As pessoas, quando confinadas, tendem a regular suas funções vitais ao grupo; fazem coincidir o ritmo respiratório e a pulsação sanguínea com tal consistência que um tímpano sensível, sem ver o todo do rebanho, poderia supor um batimento cardíaco em bom estado no peito de um gigante. Ainda assim não se pode prever por antecedência o bando mais coeso e estável, aquele que, por uma combinação imprecisa, chegará a um estado de transe, a um transporte simultâneo em que renegará o mundo fora dos limites da página e do parágrafo no qual tem os olhos postos, numa difícil e bela sincronia de captura.

Os nervosos, ainda em maioria, desarrumam essa ordem.

Com paciência de caçador, Inês aproveita para estudar o itinerário que terá de percorrer ao deixar a livraria. Mapear as portas de saída, estimar distâncias e estabelecer rotas de fuga fazem parte do trabalho de reconhecimento. Tudo é repassado tantas vezes quantas forem necessárias para que ela se mova com folga por aqueles interiores, mesmo no escuro.

Assim que pôs os pés ali, Inês soube que não teria problemas.

O acervo da livraria forra as paredes e preenche o miolo num sistema de galerias separadas por corredores longos, cheios de passagens comunicantes. Para quebrar a repetição cansativa, algumas estantes verticais foram substituídas por ilhas de prateleiras que deixam os livros ao alcance de uma criança de dez anos.

O que mais agrada a Inês, no estabelecimento, são as duas passagens largas que desembocam direto no átrio livre em frente ao balcão, a um passo da saída. É um destes corredores que, concluído o seu propósito, ela percorrerá num passo que indica determinação, mas não muita, o rosto relaxado e os braços soltos de quem nada tem a esconder. Ao chegar à soleira, tudo que terá de fazer é ultrapassá-la e, sem olhar para trás, tomar a esquerda com a confiança de quem sabe exatamente para onde está indo.

Rememorar cada passo a ajuda na concentração. Não impede, porém, o pensamento de que não terá nada para fazer até a hora de ir à casa da mãe. Venha depois da missa, foi a recomendação; estarei ocupada até às seis, alertou, no tom severo de quem, habituada a uma vida solitária, transforma toda visita em um aborrecido intrometimento.

Ela não consegue esconder a irritação com a minha ociosidade, Inês suspira, enfrentando o rodamoinho no meio do qual a conclusão fez o seu dançado serpentino. A mãe acha que é proposital. Você não está se esforçando para superar. Precisa arranjar um emprego, ela cutuca, uma atividade à altura da sua formação. Ocupar-se, esquecer. Oferece o telefone de amigos com quem havia falado a respeito. Não custa dar um empurrãozinho, alega, ofendida com a recusa da filha, que engole a seco aqueles lítotes, usando a mais eficiente das armas para matar uma conversa, o silêncio.

Inês repara no movimento da vendedora, que deixa o posto e some por uma porta embutida no único pedaço de parede livre de prateleiras. É quando enxerga a moça de véu, a menos de trinta passos de onde está, na ponta extrema do mesmo corredor.

Não a havia notado, ainda. Talvez viesse de outro setor, o de livros para crianças, por exemplo, que fica numa ala à parte, onde móveis em miniatura e faixas coloridas pendentes fazem pensar em uma eterna comemoração de aniversário.

Ela veste um suéter cor de areia e uma calça azul-marinho com barra encurtada para deixar os tornozelos à mostra. O quadril um tantinho largo é só o que desequilibra uma figura de todo magra, poucos centímetros mais alta que Inês. Uma bolsa mole de nylon pende do ombro esquerdo, mesmo lado em que ela mantém, com a pressão do braço, dois livros finos colados ao corpo. A cabeça está coberta por um lenço de duas cores, uma neutra, outra no azul da moda, o que indica um acessório caro, fabricado por uma dessas marcas de alta costura, italianas ou francesas. Na estante, logo acima dela, uma placa indica a seção de Filosofia.

Inês observa os gestos da moça até estabelecer um padrão. Com a mão do braço livre, ela tira um livro da prateleira e lê sem pressa o texto da contracapa. Consulta na orelha os dados do autor e em seguida folheia o miolo. Detém--se numa página, lê uma passagem, fecha e devolve à prateleira. Faz saltar outro livro e refaz o roteiro na mesma sequência. Não está em busca de um título ou de um autor específico, é fácil deduzir; um tema explicaria melhor a indecisão, um assunto novo, um mundo tão vasto que ela não sabe por onde começar, mas se mostra persistente, saca da estante um novo exemplar para ler a contracapa, a frase aleatória e, desinteressada, devolvê-lo ao nicho. Repete o gesto, agora num ritmo mecânico, e quando pega dois livros de uma só vez, Inês começa a se mover.

A passos curtos, avança até a sessão de Psicanálise onde larga o exemplar da coleção de cartas pela qual fingia interesse. A moça do véu reposiciona brevemente os livros infantis que traz junto ao corpo, acomodando-os na axila, sem tirar os olhos dos dois títulos que segura nas mãos. Inês prossegue, faz uma pausa na ilha de História, põe-se de perfil e espera. Com o rabo do olho, observa quando a moça, invertendo os livros de posição, lê a orelha do que ficou por cima e devolve os dois à prateleira, alinhando-os aos demais com o desvelo de quem ajusta a dobra de um lençol no berço.

Num galgar felino, Inês ganha território. A moça de véu segue avaliando o resultado da arrumação. Sem pressa, acaricia a fileira de lombadas enquanto encaixa a alça da bolsa em seu ombro e tira, ao mesmo tempo, os livros infantis de debaixo do braço para segurá-los junto ao peito, tudo com os olhos pregados nas prateleiras, na esperança tímida de que estando a ponto de desistir o acaso faça piscar certas palavras, que ela reconhecerá, por milagre, como sendo aquelas pelas quais tanto anseia.

Antes que dê as costas para a estante, à qual volve os olhos de cima a baixo mais uma vez, no exato segundo em que a decisão de partir é tomada e só o que ela precisa fazer é um deslocamento mínimo, uma meia-volta no próprio eixo para dirigir-se ao caixa, bem agora, na poeira de instante em que realiza o movimento inicial de rodar o pé, Inês dá o passo mais importante, aquele para o qual está pronta desde que entrou na livraria.

Numa impulsão de ossos, mais que de músculos, parte em linha reta, na bissetriz previamente traçada para estar no centro exato do espaço que a moça de véu ocuparia, sozinha, ao voltar-se rumo à saída, mas que, em vez, resultará num choque brutal, numa colisão tão extremada que, muito tempo depois, ainda, ela ficará perplexa com a violência capaz de ser produzida pelo encontro inesperado de dois corpos, tão magros, afinal, tão miúdos.

A dor e o atordoamento irão subjugar a moça. Um fio eletrificado assumindo o lugar do corpo será a sensação. Sem compreender ao certo o que aconteceu, perceberá a precariedade de que é feita; sem pôr nessas palavras, saberá que experimentou a mecânica espelhada de seu próprio extermínio.

Assim que os corpos se separam, no meio da própria equação emocional em que o choque a deixa, Inês segura o passo e sussurra três sílabas, o bastante para dar feição de incidente a um evento detalhadamente planejado.

A moça leva a mão à testa, como a conferir se está inteira. Ajeita o véu, evitando a humilhação maior que seria deixá-lo tombar. Uma mistura de vergonha e raiva a emudece. É o que cria as condições, Inês sabe, para que o seu ato se realize. Sem uma inocência subitamente ultrajada, sem o instante em que o absurdo planta suas bases e abala a crença em nossos próprios instintos, perderia a oportunidade de fazer o que faz e continuar impune, mais do que isso, parecendo ser ela a vítima em vez de agente provocador da colisão.

O véu só consegue devolver o pedido de desculpas quando Inês já está no segundo passo. O tom apologético e submisso da moça provoca um desprezo agudo, um desgosto que apressa Inês em direção à porta da rua, que ela cruzará em velocidade baixa o bastante para não levantar suspeitas nem perder o caráter firme, resoluto, de quem estava de saída e teve a trajetória interrompida por alguém descuidado, uma dessas pessoas que, julgando-se o centro do universo, interpõe-se perigosamente no caminho dos outros.

# COMO SE NADA.
# COMO SE TUDO

*Maria Ribeiro*

No primeiro domingo do mundo com você, eu te mandei um SMS te chamando pra um chope no Spot. Não, mentira. Antes eu já tinha te escrito alguma coisa no Instagram. Na época — era 2014 — ainda não tinha *direct*, a gente escrevia no *post* mesmo, quase uma carta aberta, uma coisa tão espontânea e cheia de sentido que se fazia como se faz um gesto, de, sei lá, passar a mão nos cabelos ou fechar os olhos no sol. Como se nada. Como se tudo. Nunca uma direção havia sido tão evidente. Você era um rio, eu tava com roupa de banho, tudo em volta era afluente. Como avenida em feriado, você e eu éramos um lugar dentro do lugar, um mundo dentro do mundo, tipo néon de xerox em banca de jornal — um significante melhorando o outro, refletor pra trás e pra frente, o parágrafo exato que justifica todos os outros. Minha separação, sua separação, as tatuagens gastas do seu braço, os meus partos, a falta do meu pai, a presença da sua mãe, nossos corpos enfim com as porcentagens exatas de ceticismo e ilusão pro futebol do segundo tempo.

"Não tem chope no Spot", você me diria, rindo, uns seis domingos depois. "E você nem bebe chope." Isso viraria uma piada daquelas que por anos mudariam a cor dos dias-não, como você gostava de chamar os dias que davam errado — essas cumplicidadezinhas que apareceriam tanto pra salvar uma discussão sobre os meus atrasos, quanto pra aliviar os dias em que já havia uma placa, ainda que ilegível, de separação, "800 km".

Mas isso foi muito depois. Na hora parecia que tudo acontecia exatamente do jeito que deveria ser desde o início. Que tínhamos vivido tudo até ali justamente para que vivêssemos tudo a partir dali. Eu, com trinta e oito anos e dois filhos. Você com trinta e oito anos e duas filhas. "Vamos casar e não ter filhos", você repetia, dando risada, sempre que a gente namorava o prédio ao lado, onde caberia todo mundo, e onde não precisaríamos de ninguém. As festas seriam de dois e o Natal não precisaria existir. Todo dia era do outro, todo dia tinha deus, todo dia amanhecia.

A padaria da Augusta, o clube onde você fazia sauna com o John, a piscina que me dava ciúmes — "quantos azulejos seriam meus?" —, as músicas da sua filha, o Santos Futebol Clube, o abajur no banheiro, as camisetas iguais, o chocolate com sal, as suas ex-namoradas.

COMO SE NADA. COMO SE TUDO

Eu tinha um gato com nome de gente, e você, uma cachorra resgatada de Ubatuba. Essa cena, a cachorra vindo com você da casa de praia do seu pai — nossa, essa cena me fazia te amar muito. "Ela ficava presa, maior sacanagem", você dizia. "Eu também", eu pensava, quase entre parêntesis.

Eu também, eu repito, em colchetes.

Tem sete anos de domingos que eu não sei mais se você bebe Coca Zero, e se ainda come a borda da pizza, se ouve Estate ou vê minhas fotos.

Outro dia eu fiquei pensando que uma hora a gente vai morrer e que eu vou achar muito chato — e uma pena — uma morte sem você.

Uma hora as lembranças ficam velhas. Há um limite para serem requentadas, e esse limite tá todo aqui. Faz tempo que te esqueci, mas às vezes esqueço que esqueci, e penso que estarmos juntos é o mesmo que não estarmos, então vejo um vídeo engraçado e te mando mesmo sem mandar, e te ouço sem ouvir, e recebo suas fotos de bom dia e seus áudios me chamando de boniteza, e me perguntando "como tá tudo?".


"Não tem nada sem você", eu te diria, alguns segundos antes de ir embora. Mas seria mentira.

Você veio, você foi, eu fiquei, e depois, fui.

Entre uma coisa e outra, a gente viu um filme africano no Reserva Cultural, fez um documentário de um documentário e fundou uma ilha de edição chamada Madagascar, por causa da canção da Margareth Menezes.

No primeiro domingo do mundo com você eu existi de novo, e declarei a independência possível. A que consegui. Foi pouco, eu sei, e te peço desculpas com essa visita aqui.

Você foi embora com motivos e avenidas. Primeiro pra ficar com uma moça de poucos sapatos e depois pra ficar com uma de muitos sapatos. Eu, de All Star, namorei você em dois ou três rapazes, e cheguei a repetir roteiros inteiros, como naquele episódio em que nadamos naquele lago de bacana. Eu nunca entendi eu não continuar sendo pra sempre o seu projeto de cauda longa, mas minha analista diz que preciso aprender a ser *um* amor, e, não, *o* amor. "Só um?", eu pergunto. "Só um não no sentido de ser pouco", ela diz. "Mas de não ser única." Que difícil isso. De não ser a única e nem a mais importante.

A dos domingos, pode ser?

# MEU BOM AMIGO

*Juliana Leite*

## Domingo, noite

No que se refere ao conserto do telhado, não tenho novidades. As telhas novas chegariam ontem; não chegaram. Liguei para aquele rapazinho da loja para dar uma bronca, mas ele é sempre tão simpático que me esqueço de que liguei para brigar. Logo me contou as notícias de sua mãe (namorado novo). Conversamos por quinze minutos e só depois de desligar o telefone me dei conta de que mais uma vez tinha faltado a bronca. Enquanto isso o telhado segue em frangalhos. As goteiras seguem livres e é claro que as paredes interagem de bom grado, manchas enormes. Quando o telhado estiver pronto vou precisar mexer nas paredes, uma coisa de cada vez. Não me queixo, afinal tudo isso me leva a telefonemas, conversas. Se não fossem as telhas eu jamais saberia que a mãe do rapazinho está de namorado — é o Celso, aquele que tinha um Corcel na nossa juventude. O rapaz da loja me disse que sua mãe está contente porque quando mais nova tinha uma queda pelo Corcel do Celso, e é uma pena que o carro já tenha sido vendido, ela disse. "As coisas acontecem quando têm de acontecer", foi como o rapaz me contou ao telefone, se referindo ao namoro da mãe, mas um pouco também às minhas telhas.

Hoje almocei com meu bom amigo. Completaram-se dois meses desde que ele caiu no corredor de casa. O meu amigo acha que faz mais de dois meses, muito mais, mas isso é porque ele sente dor o tempo todo, etc. Até hoje não sabe dizer como o tombo aconteceu, a culpa não foi do tênis de cadarço frouxo dessa vez, ao que parece. Na queda, meu amigo deu brutalmente com o ombro contra a porta e ficou por alguns minutos atordoado no chão, sem saber quem ele era ou a quem pertencia aquele ombro recém--quebrado. Puseram nele uma daquelas tipoias que prendem o braço ao ombro, e depois ataram tudo para que ele não conseguisse nem erguer e nem abrir a asa.

Depois disso meu amigo perdeu um pouco da memória. Ninguém sabe dizer exatamente por que isso aconteceu, a cabeça não foi atingida em nenhuma parte. Meu amigo levou um tremendo susto porque no momento em que tropeçou ainda teve tempo de perceber que cairia contra a porta, e que aquilo ia dar em estrago. Conseguiu

MEU BOM AMIGO

salvar a cabeça do impacto com um desvio sagaz, mas disso ele não se lembra. Diz que, se salvou a testa, foi apenas por reflexo. Salvou e, no susto, perdeu a memória.

O meu bom amigo é aquele com olhos desiguais, já o mencionei aqui com outros nomes: o meu amigo curvado, o meu amigo filho de pernambucanos, meu amigo ferramenteiro, meu amigo marido de Suzy — todos eles são o mesmo. Logo depois do seu tombo, quando nos falamos ao telefone, ele ainda se lembrava de mim perfeitamente, mas alguns minutos depois me perguntou, "Suzy, é você aí, meu bem?". Então precisei lembrar ao meu amigo de quem eu era, e de que Suzy já havia morrido faz tempo.

Desde que ele caiu e quebrou o ombro tivemos que passar alguns fins de semana sem nossos encontros, sem o nosso querido almoço. Os filhos do meu amigo vieram para cuidar dele e por isso não convinha que eu aparecesse tanto por lá, como de costume. O meu amigo não me pediu isso, digo, para eu não aparecer. Eu mesma preferi dessa maneira. Vieram para a cidade os quatro filhos dele, dois de avião, pelo que entendi. Os filhos do meu amigo viram o pai com o ombro quebrado e não conseguiram pensar em mais nada durante os dias, somente nos remédios e na fisioterapia. Eles nem cozinharam e por isso o meu amigo que tanto gosta de comer teve que ficar semanas almoçando pão de forma com queijo. Nem mesmo um pão francês eles providenciaram para o meu amigo, e só às vezes punham fatias de tomate dentro do sanduíche. Isso o meu amigo só me contou depois que os filhos partiram. Disse que eu fiz bem de não ter visitado ou seria obrigada a comer *aqueles* sanduíches.

Os filhos do meu amigo sempre parecem muito mais gentis ao telefone. Eles conversam comigo por alguns minutos, me chamam de tia, dão as notícias médicas do meu amigo. Mas, logo depois dizem que precisam desligar e se vão. Durante os últimos segundos da chamada eu digo que amo cada um deles, digo que amo *como sempre*. Eles não dizem eu te amo de volta, mas não é por mal. O *como sempre* envolve um período de tempo muito longo, talvez eles precisassem apontar um prazo menor para conseguirem corresponder sem constrangimento.

Eles estavam muito estressados com o tombo do meu amigo, é claro que estavam, assustados, temerosos. Se ainda por cima soubessem que meu amigo e eu almoçamos juntos todo fim de semana, e ainda comemos sobremesa, além de estressados eles ficariam furiosos. Lembrariam ao pai que ele é diabético. Os filhos encontraram no armário da cozinha o pirex em que levei um pudim para o nosso último almoço, e então perguntaram ao meu amigo se aquele pirex me pertencia. Meu amigo negou, e para soar convincente disse que ele e eu mal nos víamos porque eu já sou uma velha que caminha com muita dificuldade, uma velha que passa a maior parte do tempo na cama, foi o que ele disse. Não culpo o meu amigo por mentir aos filhos, afinal ele sabe muito bem como são aquelas suas crianças.

## MEU BOM AMIGO

Mas, não precisava ter me entrevado, como se eu nem me perfumasse mais.

Bem, meu amigo me telefonou há alguns dias e disse que os filhos tinham partido. Dois deles de avião e dois de carro. Ele ficou um tempo em silêncio ao telefone buscando o que dizer, mas logo se lembrou do motivo da ligação e disse que estava com a comida e a cerveja prontas, me esperando, e que, portanto, eu não precisava me preocupar com nada. Ele disse, "Não se preocupe com nada", se referindo à comida, mas também à ausência dos filhos. Ele faria o bolo de legumes, aquele da receita turca ou balinesa, não me lembro, um bolo de que eu gosto muito porque leva azeitonas. Teríamos tempo de conversar sobre o seu ombro, sobre o meu telhado, e também sobre *algo* em que ele vinha pensando, ele me disse. Eu não perguntei o que era, tive receio de ser um assunto relacionado às suas crianças, provavelmente uma queixa, etc. Meu amigo disse que era algo importante o que ele tinha para me dizer, e isso me deixou intrigada porque afinal ele não costuma se referir às queixas das crianças dessa maneira, como importantes ou desimportantes. Mas, talvez o assunto não tivesse nada a ver com isso. Me apressei em dizer sim para o almoço e para o convite do meu bom amigo e amarrei um lenço perfumado no pescoço.

É muito diferente conversar com meu bom amigo em sua casa, e não por telefone, como tivemos que fazer nas últimas semanas. Quando temos de nos falar por telefone, com as crianças por perto, somos um pouco mais ligeiros. Falamos sobre as coisas simples, sobre o presente. Se não estivesse tão vigiado, meu amigo aproveitaria para se queixar de Raul, o filho jornaleiro que conta em voz alta todas as notícias antes que meu amigo possa ler o jornal, pela manhã. Meu amigo apanha o café e se senta à mesa da cozinha para ler o seu bom jornal, mas antes que tenha a chance de passar os olhos pelas chamadas, Raul vem e anuncia em detalhes para o pai tudo o que está escrito na edição. Meu amigo se sente tão frustrado que nem toma o café até o fim.

Mas esse meu amigo não conseguiu me contar nada disso antes porque os filhos estavam sempre muito perto dele quando eu telefonava. Ele me contava apenas as notícias do ombro, das dores, das drogas, e me perguntava algo sobre telhas, goteiras. Ele parecia sempre muito lúcido e sério nesses momentos em que me perguntava sobre goteiras, parecia um especialista. Na presença das crianças acontece esse tipo de coisa, nossa amizade se contrai e soamos ambos muito limpos e muito especialistas no que pouco importa.

Tudo é muito diferente quando meu amigo e eu nos encontramos para almoçar em sua casa. Ali são muitas as horas em nossas mãos e não há ninguém para nos vigiar. Como senti falta do meu bom amigo nos últimos tempos! Acabei vendo muitos filmes, mas não é a mesma coisa. Meu amigo sempre me abraça assim que chego em sua casa. É muito gostoso abraçar alguém que chega perfumado em nossa casa, com um lenço azul muito bonito no pescoço — quem não gosta disso? Meu amigo começa a sorrir sem motivo aparente. Eu gosto muito de estar na casa do meu amigo porque ele me deixa bem à vontade. Cozinha alguma coisa de um país que desconhecemos, liga o ventilador e então o cheiro exótico da comida e o vento soprando dão a impressão de que estamos passeando de trem. Ele me conta calmamente sobre a sua horta e eu fico tão entusiasmada que demoro a dormir quando volto para casa. Já escrevi sobre isso outras vezes, algumas páginas atrás, sobre os repolhos enormes, as beterrabas.

Depois de falarmos dos seus legumes é inevitável falarmos do passado. Não é a nossa intenção fazer isso, mas quando vemos tudo já está acontecendo. É como o curso invertido de uma fruta já madura no pé: olhamos um para o outro, meu bom amigo e eu, e então a fruta volta ao seu momento verde. Desde que tomou o tombo, hoje foi o primeiro dia em que ele não me confundiu com Suzy. Estivemos juntos, comemos, conversamos normalmente sem que meu amigo achasse em nenhum momento que eu por acaso era a sua mulher. De todo modo, na sua casa há sempre aquela fotografia de Suzy bem na sala, logo ali na mesinha ao lado do sofá. Se por acaso meu amigo se sentisse confuso, ele poderia chegar bem perto da fotografia para distinguir melhor. Suzy era uma mulher tão linda quanto as cantoras do rádio, tinha uns cachos magníficos nos cabelos, enquanto eu não tenho cachos e tampouco pareço cantar.

Quando vou comer com meu amigo, costumo levar para a sobremesa um pudim de leite ou um manjar de coco, sempre com ameixas em calda porque meu amigo venera as ameixas em calda. Acontece que desde que caiu ele se esqueceu dessa veneração; me disse ao telefone que não se lembra de gostar tanto assim de ameixas. Isso me deixou em apuros. Era através das ameixas que meu amigo percebia o meu amor por ele, através das melhores ameixas que eu levava aos finais de semana, importadas. De uma hora para outra eu precisei arranjar um substituto na demonstração do meu amor.

Ontem mesmo fui à cidade e mandei embalar três sabores de *strudel* naquela doceria onde são feitos doces húngaros. Não estou falando da nova doceria, a que tem um incômodo letreiro néon, mas daquela antiga que fica desde sempre na rua atrás do mercado. Evito ficar lá dentro por muito tempo porque os doces atraem mosquitos e a presença desses mosquitos obriga a gente a alguma violência. Lá ainda são vendidos aqueles mesmos pacotes de biscoito de antigamente, mas eles ficam cada vez mais no alto, longe das mãos dos clientes. A mocinha do balcão me disse que os biscoitos estão na mesma estante desde sempre, à mesma altura, o que comprova que eu encolhi. Vou a essa doceria porque é lá que os doces são, desde sempre, frescos, doces da manhã, novos. Na cidade em que vivemos, algumas coisas até podem ser velhas, como meu bom amigo e eu, mas os doces não podem. Os doces têm obrigações, e uma delas é serem frescos, ainda mais aos fins de semana. Suspeitei de que para esse meu amigo pós-tombo um *strudel* diria eu te amo de maneira muito eficiente, e talvez dissesse isso até melhor do que as ameixas. Por fim eu não estava errada.

Saí cedo de casa porque queria chegar o quanto antes à casa do meu amigo. Mal dormi. Às cinco da manhã já estava de pé comendo a minha torrada e perfumando o lenço. Depois li algumas páginas daquele livro sobre o jardineiro, finalmente o capítulo do inverno está acabando, surgiram uns pinheiros agora, pinheiros e seriemas; mas, não consegui ler muito porque estava ansiosa e aquele jardineiro é calmo demais, as páginas avançam e ele fala cada vez mais lentamente. Olhei pela janela, já estava chovendo forte, como esperado. Vesti o meu casaco, apanhei o guarda-chuva — aquele que ganhei no Natal — e andei pela rua pendendo o corpo para a frente, contra o vento. Se não fizermos assim, nesta cidade, tombamos para trás e não nos levantamos tão cedo, como os besouros. Só não acelerei o passo porque colocaria em risco o *strudel* que estava protegido dentro da sacola de pano.

Assim que cheguei em sua casa, meu bom amigo teve que fazer força contra a porta da cozinha, que abre para fora, para que eu conseguisse finalmente entrar empurrada pelo vento retumbante. Ele me abraçou bem forte, apertando um pouco o doce na sacola e com certeza esquecido de que poderia ser o manjar ou o pudim ali dentro. Eu estava ensopada e então o meu amigo mandou que eu tirasse o casaco depressa para não apanhar um resfriado ou coisa pior. Ajudou puxando o meu casaco para cima, liberando minha cabeça como uma rolha emperrada. A casa do meu amigo estava aquecida, arrumada, com um cheiro recente de pinho sol e de manteiga, que é a maneira que ele usa para me dizer que o amor, de sua parte, segue de pé, mesmo que ele não se lembre disso algumas vezes.

O gato Roger veio me cumprimentar e quando olhei para a sala lá estava Suzy no porta-retratos junto a um vaso de begônias amarelas. Meu amigo me disse que teve que brigar pelas flores pela manhã na feira porque aquelas eram as únicas amarelas. Fui até lá para cumprimentar Suzy e dei um beijinho em seu rosto por cima do vidro.

Meu bom amigo estava preparando a comida. Olhou no relógio e abriu duas latinhas de cerveja. Em geral começamos a beber às onze da manhã, antes disso tomamos café ou suco ou o que tiver na geladeira para matar o tempo. Sempre que começamos a tomar nossas latinhas, bem, o que acontece é que conversamos sobre a solidão. Sobre a viuvez e a solidão, ainda que essas palavras específicas não surjam. Não são conversas tristes ou melancólicas, não, não, as pessoas se enganam ao imaginar isso. Ao contrário, bebemos e nos alegramos porque afinal temos ali alguém que compreende a vizinhança entre a solidão e o contentamento, a longo prazo. Meu bom amigo e eu somos viúvos há tanto tempo que até já descobrimos como ser um pouco descontraídos dentro dessa condição, já aprendemos como fazer isso. Nos recordamos de episódios com Suzy e de episódios com meu marido e agimos como se estivéssemos diante de um quebra-cabeça em que algumas peças se perderam sabe deus onde. Perguntamos um ao outro, "Você se lembra disso, querido?", ou, "E daquela vez no lago, você se lembra, meu bem?", testando qual de nós estaria mais gagá a cada encontro.

Meu bom amigo e eu temos cuidado, tanto cuidado um com o outro que é claro que é amor. Mas, não usamos esse nome por causa das crianças. Nossa amizade é anterior e também posterior aos nossos casamentos, desde sempre ela veio por fora de tudo e abraçou todas as pessoas que escolhemos pelo caminho. Quanto mais o meu amigo e eu amássemos os nossos companheiros, mais amaríamos também um ao outro, como se ambos os amores se escalassem e se nutrissem, ainda que apenas um deles fosse o ancião. Suzy e o meu marido, eles nos olhavam de fora e a seu modo compreendiam o que estava acontecendo. Não chiavam, ou não sempre. Percebiam que a intimidade que meu amigo e eu possuíamos era sim úmida e cremosa, às vezes, mas também era árida e tensionada, como a intimidade que os arames têm entre si quando em uma grade.

Nossos casamentos aconteceram no mesmo ano, 1957. Suzy e eu tínhamos a mesma idade e mais ou menos o mesmo corpo, ela com peitos um pouco mais volumosos do que os meus. Resolvemos economizar usando o mesmo vestido. O modelo tinha uma fita amarrada na cintura e para mudar um pouco a aparência usamos fitas de cores diferentes, a minha azul-celeste e a de Suzy amarelo-bebê. Eu me empenhava em encompridar o cabelo há alguns meses, a pedido de Suzy, que me informou que com o cabelo comprido seria possível prender uma flor ou um adorno durante a cerimônia. Eu preferia os cabelos bem curtos à joãozinho, mas concordei com minha amiga porque aquela palavra que Suzy usou, encompridar, era uma palavra nova para mim. E também porque Suzy sabia como arrumar uma mulher, como fazer cachos magníficos, usar lenços perfumados, etc. Eu dizia às pessoas: ah, sim, estou encompridando os cabelos para o meu casamento, e Suzy sorria explicando o seu projeto de prender um adorno em minha cabeça, uma flor ou um cisne de papel.

Meu noivo e meu bom amigo eram então dois rapazes que se pareciam um pouco. Ambos usavam uma barba densa e desgrenhada, como a maioria dos rapazes naquele tempo. Eram magros e tinham praticamente a mesma altura. Às vezes as pessoas os confundiam, especialmente se estivessem de costas. Mas, meu amigo carregava uma mochila jeans para onde quer que fosse, e então a presença da mochila esclarecia quem era quem. Aquela mochila do meu bom amigo cheirava mal e por isso as costas dele

## MEU BOM AMIGO

também cheiravam mal, mas era um mal ao qual você logo se acostumava e se afeiçoava.

Quando pediu Suzy em casamento, meu bom amigo ficou eufórico e inventou que vestiria um terno vermelho na igreja, um conjunto que havia comprado bem barato de um negociante de circos. Ele inventava essas histórias e eu as confirmava como se tivesse eu mesma visto o terno, que não era exatamente vermelho e sim bordô, com um galão mais claro nas calças. Suzy ficou nervosa com a história do bordô e do galão porque não queria um noivo espalhafatoso, ela queria um noivo semelhante ao de sua prima, aquele rapaz que desmaiou no altar. Naquele tempo desmaiar no altar era uma coisa bem-vista, uma espécie de sintoma de que o amor havia atingido o noivo no lugar adequado. Por fim, meu bom amigo entrou na igreja vestindo um terno cinza bem clarinho, com uma flor branca na lapela, de cetim, que eu fiz como presente. Há uma foto em que ele, Suzy e eu estamos no altar; ela está ajeitando a flor de cetim na lapela enquanto eu seguro para ela o buquê.

É até difícil acreditar que meu bom amigo e eu já fomos tão jovens assim, quero dizer, é difícil acreditar que essa época existiu nessa mesma vida em que agora somos velhos. Quando o meu amigo se sente confuso, ele me pergunta se já houve em sua vida um momento em que aquela dor no ombro não existiu, em que seu ombro foi apenas um ombro comum e indolor, e então eu mostro as fotografias antigas em que ele está com a mochila jeans à tiracolo. Da mochila ele ainda se lembra, do fedor nas costas.

Eu me casei apenas alguns meses depois do meu bom amigo. Naquela época nos casávamos cedo porque queríamos transar, era mais cômodo transar uma vez casado. Depois, alugamos casas mais ou menos próximas para nossas famílias e por isso convivemos como gente muito íntima, misturados uns com os outros. Meu bom amigo e Suzy começaram a ter filhos em 1958 e só pararam em 1963. Vimos as quatro crianças deles crescerem pouco a pouco e depois também vimos cada uma delas partir para sua vida adulta. Até hoje dizemos "as crianças" porque assim é mais simples para englobar os quatro filhos. São filhos muito bons os que meu amigo tem e que hoje vivem longe, eles são bons, embora no passado tenham dito coisas muito desagradáveis e vorazes para o meu amigo e eu. Os filhos disseram essas coisas para nós dois quando a Suzy estava morrendo, eles estavam tristes e danados e tudo veio à tona com uma fúria mordaz.

Suzy adoeceu de maneira galopante e então os filhos começaram a confabular sobre a minha amizade com o meu amigo. Eles diziam a palavra amizade e faziam aspas em torno dela no ar. Confabulavam sobre a intimidade que tínhamos quando cuidávamos juntos de Suzy, na cama e no banho e nas internações. Suzy preferia que meu amigo e eu lhe déssemos o banho, afinal já conhecíamos o seu corpo nu há muito tempo, havíamos estado perto daquele corpo querido em todas as suas fases. Os filhos confabulavam às escondidas e nós percebíamos tudo porque afinal já confabulávamos sobre eles há muito mais tempo, como fazem todos os pais, desde quando eles eram pequenos. Éramos os pais e tínhamos muito mais prática em cochichar às escondidas.

Aqueles filhos viam Suzy morrendo e queriam que meu amigo e eu agíssemos contra a situação, que déssemos um jeito de reverter tudo ou então de morrer no lugar dela. E se isso não fosse possível, bem, que nos tornássemos pálidos, tão pálidos que transparentes ao redor da cama da mãe. Eles queriam olhar para aquela cama e ver apenas a mãe convalescente, e não a mãe e a nossa intimidade por cima dela. Meu bom amigo e eu nos deitávamos de conchinha junto com Suzy, ela no meio de nós. Nos dávamos as mãos, os três, e então dormíamos. Os filhos entravam no quarto na ponta dos pés para verem de perto aqueles dedos entrelaçados, as três mãos dadas na altura dos quadris de Suzy. Suspeitavam de que era bem ali, entre os nossos dedos, que estariam escondidas muitas coisas antigas, coisas que eles só agora percebiam e que ficariam transparentes demais caso eles não agissem em impedimento. Suzy estava de partida e nós dois não estávamos, nós dois ficaríamos vivos por um pouco mais de tempo e ainda possuiríamos aquelas *coisas* entre nossos dedos. Não achávamos que estávamos traindo Suzy ao permanecermos vivos?

Uma vez, durante a noite, Raul se esgueirou para dentro do quarto e leu algumas páginas do meu diário que estava sobre a cômoda. Leu quase tudo. De manhã, no café, disse que eu descrevia demais os pormenores dos dias e que faltavam àquelas páginas um pouco de ação. Eu me sairia melhor se colocasse mais ação, Raul me disse, porque assim quem viesse a ler aquilo poderia também se distrair um pouco, espairecer, você sabe, e não apenas lidar com tantas intimidades minhas, uma após a outra. Eu devia pensar no assunto, foi o que Raul disse.

Quando nos encontramos em sua casa para almoçar, raramente meu bom amigo e eu nos referimos àquelas coisas de que fomos acusados pelos seus filhos porque é sempre melhor esquecer as palavras para conseguir perdoá-las. Temos uma disposição infinita para perdoar essas crianças, ainda mais quando tudo o que eles disseram fica velado, escondido. Não falamos sobre o assunto e afastamos o risco de que o perdão se avexe.

Eu estava pensando em todas essas coisas enquanto arrumava a mesa do almoço na casa do meu amigo, hoje. As crianças haviam estado com ele naquele ambiente ontem mesmo, haviam cuidado do meu bom amigo e falado comigo ao telefone daquele jeito, como a sua tia. Havia em mim um pouco de desgosto quanto àquelas crianças enquanto eu esticava a toalha, mas por sorte meu amigo olhava para mim e tudo o que ele via era alguém arrumando a mesa. A toalha ainda é a mesma que compramos na viagem em família para Campos de Jordão, Suzy comprou uma delas e eu a imitei e comprei outra idêntica, porém um pouco menor. Suzy sabia como cuidar de uma casa e por isso eu a imitava e então ela diminuía a velocidade quando estava comigo para que eu pudesse fazer a imitação sem pressa. Os girassóis da toalha já estão desbotados, mas temos lembranças tão vívidas deles ainda novos e bem amarelos que é como se o apagamento não existisse. O tecido tem aquela parte queimada de vela do aniversário de doze anos do Raul, foi um aniversário tão bom aquele em que meu marido e eu demos ao menino um moletom com capuz e alguns adesivos para colar na janela.

Meu bom amigo estava tirando o bolo de legumes do forno quando olhou para mim e disse que meus olhos estavam bem mais claros hoje do que da última vez em que nos vimos. Ele me disse que quando somos velhos nossos olhos ficam mesmo mais claros, assim como os cabelos, mas que era para ser algo gradual e quase imperceptível. "Seus olhos estão clareando a galope", meu amigo me disse, e segurou meu rosto para conseguir ver de perto. Ele me olhou e eu também olhei para ele. Depois nos sentamos para comer o bolo de legumes, cada um com mais uma latinha de cerveja.

Meu bom amigo havia preparado o bolo com bastante repolho porque sua horta não para de dar repolhos, ele disse. Também havia feito uma salada de alface com algumas pequenas flores de cor fúcsia. Ele está cultivando flores comestíveis desde que Suzy morreu e agora elas estão em seu melhor momento, ele disse. As amarelas florescem em maio e as fúcsias em junho, e por isso meu bom amigo passa ao menos dois meses do ano comendo flores todos os dias. Somos de uma época em que se não comiam flores e agora somos de uma época em que, sim, se comem flores, e aí está uma diferença magnífica entre os tempos.

O gato Roger veio ficar embaixo da mesa para ganhar migalhas. Ele está cada vez mais gordo, o gato Roger, porque anda comendo arroz, eu aposto que ele come arroz. A comida estava tão fumegante que tivemos que parar de conversar para comer em silêncio, assoprando. Quando precisamos assoprar a comida, meu amigo e eu perdemos o fôlego e então precisamos nos concentrar na tarefa como as pessoas diante das escadarias.

É maravilhoso estar com meu bom amigo porque entre nós o silêncio jamais é incômodo e peludo, como acontece quando estamos perto dos seus filhos. Na última vez em que estive com eles, foi preciso inventar assuntos a todo momento, foi preciso emendar episódios para evitar que o silêncio se instalasse e então eles olhassem demais para mim e para o meu amigo. Nesses encontros, sou eu quem precisa falar como uma tagarela, especialmente sobre o meu marido porque mencionar o meu marido deixa aquelas crianças um pouco mais calmas. Eles ficam aliviados com esse tipo de assunto porque afinal conheceram muito bem o meu marido, eles inclusive o chamavam de tio. Esses filhos, eles sabem o quanto eu amava o meu marido e o quanto nós dois éramos companhias agradáveis e perfu-

MEU BOM AMIGO

madas aos finais de semana, inclusive com raspadinhas da banca ou iogurtes para eles de vez em quando. Os filhos se recordam dessas histórias e se tranquilizam, e nesse momento eu ofereço a eles um pouco mais de suco de uva integral. Quando os filhos aparecem o suco de uva é sempre integral, e por isso todos ficamos lambendo um bigode arroxeado depois de cada gole.

Mas, hoje na casa do meu amigo os filhos não estavam conosco e por isso nos sentimos relaxados a ponto de ficar em silêncio, assoprando a comida e mastigando sem pressa. Meu amigo enfiou as alfaces inteiras na boca, esticando sem cerimônia a língua para fora para capturar a inteireza das folhas. Eu pude observar aquilo sem ter que disfarçar ou desviar os olhos de nada. Isso foi muito bom.

Logo depois servi a sobremesa em dois pratinhos de bordas douradas. Nós dois fomos para a sala e nos sentamos no sofá para comer ao lado de Suzy. Meu amigo revirava os olhos a cada pedaço de *strudel*, comeu tudo quase sem respirar. Só interrompeu por um instante para elogiar o quanto o doce estava fresco, crocante, e nessa hora se engasgou de repente com um farelinho. Meu amigo começou a tossir e tossir cada vez mais forte, me assustando e obrigando a socar suas costas. O farelinho só saiu depois de longos segundos, e quando isso aconteceu meu amigo estava tão nervoso que começou a chorar.

Fiz ele tomar um copo d'água e então ele me disse que não imaginava morrer por engasgo ou morrer por tombo, e, no entanto, todas essas coisas estavam acontecendo com ele ultimamente. Ele se acalmou depois de alguns minutos e então deitou a cabeça no meu colo. Secou as lágrimas com os dedos e depois secou os dedos na minha calça.

Meu amigo ficou em silêncio enquanto engolia saliva sem parar, assim como é comum fazermos ao sair de um engasgo. Mas, depois de um tempo ele ainda estava engolindo saliva e então eu entendi que na verdade ele devia estar se preparando para me dizer alguma coisa, ele estava ajeitando a língua para isso. O meu amigo tinha a cabeça no meu colo e bem de frente para o retrato de Suzy quando me disse, "Meu bem, eu quero que você venha morar aqui comigo". Ele disse isso e depois também disse, "Está na hora" — e olhou para mim depois de parar de olhar para Suzy. Ele não parecia engasgado ainda.

Eu comecei a tremer um pouco. Estava sem meu casaco. Segurei firme no sofá do meu amigo para não tremer mais. Talvez meu amigo estivesse variando, atingido pelas drogas para dor. Talvez, com o tombo, ele tivesse se esquecido da qualidade do nosso amor, dessa coisa que temos juntos e à distância. Com certeza ele havia se esquecido dos filhos. Ou talvez agora ele considerasse que antes de tudo nós dois precisaríamos estar juntos, bem perto um do outro quando o próximo tombo e o próximo engasgo acontecessem — talvez ele estivesse tomando providências. De repente achei que meu amigo poderia estar certo, ali deitado no sofá. Eu estava tremendo um pouco. Havia um pedaço de *strudel* sobrando no meu prato. Olhei para Suzy, para os caracóis magníficos naquela cabeça. Havia entre nós três aquela sensação inesperada de amor junto, e não o costumeiro amor longe, aquele de sempre. O gato Roger veio para perto.

Eu achei que estava pronta para dizer alguma coisa. Eu estava pronta. Ia dizer alguma coisa quando coloquei na boca o último pedaço de doce. Meu amigo havia dormido no meu colo a essa altura, assim como os meninos dormem depois de chorar muito. Ele estava com a boca aberta exalando um cheiro de cerveja e de sobremesa. Fiquei esperando que ele despertasse do cochilo, fiquei ali quieta achando que realmente estava pronta para dizer alguma coisa.

Mas, uns minutos mais tarde, talvez meia hora, o telefone tocou e despertou meu amigo com um susto. Do outro lado da linha era um dos filhos do meu amigo. Ele queria saber como o pai estava passando o dia, se havia almoçado um dos sanduíches de queijo que estavam preparados na geladeira. Meu bom amigo confirmou tudo; sim, havia comido dois dos sanduíches no almoço e agora estava tirando um cochilo no sofá antes do remédio da tarde. Me levantei para colocar os pratinhos de borda dourada na pia e meu bom amigo fez sinal para que eu não me preocupasse com aquilo. Depois ele se voltou para a janela e seguiu conversando com o filho. Pelo assunto, não acho que era Raul; era um dos garotos que tinham ido embora de avião.

Olhei para fora e vi que a tarde já estava no lusco-fusco. Fiz um aceno de longe para Suzy, peguei meu guarda-chuva e empurrei a porta da cozinha contra o vento. Deixei meu amigo conversando na janela. Pensei em voltar para casa a pé, mas acabei pegando um ônibus porque no lusco-fusco eu enxergo muito mal e posso tropeçar. Por sorte o ônibus não demorou. Quando cheguei aqui em casa havia um recado do meu amigo na secretária eletrônica dizendo que eu havia esquecido algo na sua cozinha, o meu casaco. Ele ainda não estava totalmente seco. O casaco ficaria guardado em sua casa, o meu amigo disse na mensagem, e eu poderia apanhá-lo depois, quando pudesse, ou no próximo almoço. É o meu melhor casaco.

Agora são nove e meia da noite. Ainda preciso lavar os pés e tomar aquelas gotinhas que me ajudam a dormir direito. Trinta semanas completas — é o tempo desde que o telhado quebrou. Deixo isso anotado aqui para que depois não me esqueça de quanto tempo esperei pelas telhas. Tendo a me esquecer facilmente do quanto esperei pelas coisas quando durmo bem à noite. Amanhã cedo vou ligar para aquele rapazinho da loja e dessa vez ele vai se ver comigo. Ele vai se ver. Sua mãe iria ao cinema com o novo namorado neste fim de semana, ele me disse; finalmente vou saber qual foi o filme.

# DOMINGO

*Veronica Stigger*

DOMITILA É A ÚLTIMA da fila.

Domitila adota o mesmo procedimento nos lances restantes da escada.

São 18 horas e 53 minutos. Domitila abre a porta do apartamento depois de exatos dezoito anos sem sair de casa e se arrasta para fora.

Os pais de Domitila morreram de insuficiência respiratória na última primavera. Foram duas horas de diferença entre cada morte. Seus corpos permanecem até hoje deitados na cama.

Quando o namorado de Domitila a depositou na porta de seu prédio há dezoito anos também era domingo e também eram 18 horas e 53 minutos.

Diante daquela mulher que não tinha as pernas e o braço direito, o sacerdote se abaixa até ficar na mesma altura que ela e lhe dá a hóstia na boca.

Quando Domitila abre a porta do apartamento, o cheiro de carniça empesteia o corredor do prédio. Mas não há nenhum vizinho por perto para perceber.

Como pode dar-nos de comer a própria carne?

Quando a parte de cima do mamilo esquerdo entornou, Domitila sorriu e disse para si mesma: "Mais uns dias, e eles caem."

Domitila leva dez minutos para se jogar escada abaixo e outros vinte e cinco para se arrastar até a igreja da quadra seguinte à sua casa.

O namorado dirigia por uma rua estreita a 120 quilômetros por hora.

No caminho até a igreja, Domitila se lembra do gosto do sorvete que comeu com o namorado há dezoito anos. Mas não saberia dizer seu nome.

Sem as pernas e o braço direito, Domitila para diante dos degraus da escada e fica a olhá-los durante um período de tempo não superior a dez minutos, como se esperasse que a solução para aquele impasse se resolvesse por alguma intervenção mágica.

Domitila sabe que Deus não existe e que só os bobos e as crianças acreditam em intervenções mágicas.

Tomai e comei.

Embora nunca a tenha visto naquela igreja, o sacerdote julga conhecer Domitila. Talvez de outro lugar. Talvez de outra vida.

A última vez que Domitila falou foi consigo mesma, há dezoito anos, diante do espelho, enquanto fazia os cortes em torno dos mamilos.

Depois de dezoito anos, o vestido ainda lhe serve.

Domitila cai de lado no patamar intermediário da escada, batendo com a cabeça na parede.

Ensinaram ao sacerdote que, quando este fosse falar com crianças, não deveria inclinar o tronco em direção a elas, mas se abaixar, dobrando os joelhos, até ficar na mesma altura delas.

O vestido de Domitila se rasga quase completamente ao longo do caminho devido à fricção com o chão.

O namorado de Domitila também morreu de insuficiência respiratória na primavera passada. Ela não sabe até hoje, porque não atendera mais seus telefonemas desde aquele dia há dezoito anos em que se trancou em casa.

Domitila se agarra ao corrimão da escada com o único braço de que dispõe e lança seu corpo para baixo.

Domitila mora com os pais no terceiro e último andar do prédio.

Domitila entra na fila da comunhão.

## DOMINGO

O prédio não tem elevador.

Domitila também não tem os mamilos. Ela os cortou fora há dezoito anos.

Quando Domitila chega à igreja, já está na hora da comunhão.

Desde que os pais morreram, Domitila não toma mais banho nem lava mais a casa.

Domitila usa o mesmo vestido floreado que trajava quando saiu de casa pela última vez com seu namorado.

Domitila morde a hóstia, arreganhando os dentes. Um animal selvagem não faria melhor.

# ABSOLUTAMENTE

*Marcelo Maluf*

*Para G. K. Chesterton*

ABSOLUTAMENTE, NUNCA, JAMAIS, EM hipótese alguma, em nenhuma circunstância, de jeito nenhum fui feliz num domingo. Domingos são tediosos e me dão frio nos rins. Não que eu seja feliz nos outros dias da semana, é que aos domingos eu desmorono, caio, rolo montanha abaixo, sou sugado pelo ralo sujo, amaldiçoado e infame da minha melancólica e inútil existência.

O pior de tudo é ouvir o tilintar de talheres e copos, as gargalhadas, a música feliz nos karaokês, as tevês ligadas no último volume, os vizinhos assistindo ao jogo de futebol ou a qualquer um desses programas de auditório, vivendo uma existência lenta e anestésica regada a churrascos, berros e risos forjados em litros de cerveja.

Confesso que já invejei o domingo afortunado dessas pessoas, mas por pouco tempo. A minha paciência para a felicidade artificial dura, no máximo, o tempo em que fico vagando pelas redes sociais, o que pode levar de dez minutos a duas horas. A pergunta que eu sempre me faço é: como suportamos ser tão felizes?

Num desses domingos, tive um *insight*, uma iluminação, foi logo depois que alguém tocou o interfone e me ofereceu a palavra de Deus. Vejam só que ironia, eu que fiz a primeira comunhão e me confessei pela primeira vez aos nove anos de idade, disse ao padre: "Roubei uns chicletes e pensei em roubar algumas balas de menta também, mas não roubei. Os chicletes, eu devolvi depois." O padre riu, sua sentença foi: reze três pais-nossos e três ave-marias, e pense no que você fez. Eu achei injusto, eram uns poucos chicletes, e eu até os devolvi depois. Seis orações por ter roubado alguns chicletes. Aquilo não fazia sentido. O pecado estava supervalorizado.

Quando atendi o interfone, alguém me perguntou:

— Tem um minuto para Deus? — era uma voz mansa e masculina.

— Só se tiver de sabor chocolate com menta! — eu disse.

— O quê?

— Eu quero saber se essa palavra de Deus é de chocolate com menta.

— Não! Claro que não! Essa é a palavra de Deus e a palavra de Deus não é um doce!

# ABSOLUTAMENTE

— Foi o que eu imaginei. Então, nesse caso, a minha resposta é não! Não tenho um minuto para Deus.

— A escolha é sua, irmão, a palavra é a salvação.

— Salvação? Mas não tem de sabor chocolate com menta, tem?

— Eu já disse que não. É a palavra de Deus!

— Sei. Mas se não é de comer não me interessa!

— Tudo bem. Já entendi. Mesmo assim, Jesus te ama. Tenha um bom domingo!

Aquele "*Tenha um bom domingo*" acabou comigo. Mas foi graças a esse bem-aventurado que tocou o interfone que eu tive a seguinte epifania: e se eu simplesmente não acreditar que os domingos são domingos? Hipoteticamente, ainda seria domingo, mas emocionalmente eu viveria num outro dia da semana. E absolutamente, nunca, jamais, em hipótese alguma, em nenhuma circunstância, de jeito nenhum, o nomearia como domingo.

Aplicada a minha descrença nos domingos, passei a viver livre das tormentas dominicais. Eu ignorava os encontros de família dos vizinhos, o futebol em volume máximo na tevê, as gargalhadas histriônicas de alegria, enfim. Determinado a não ceder a essa realidade, eu ouvia Chopin em volume máximo, lia os poemas mais melancólicos aos domingos, quero dizer, aos não-domingos, que se transformavam em terças--feiras, quintas, sextas ou qualquer outro dia da semana.

Enganei, ludibriei, fingi, inventei outros modos de viver, sem me deixar levar por aquele dia da semana cheio de uma felicidade macabra. Assim sendo, quando minha família, com quem raramente eu me reunia, me convidava para um aniversário num domingo, eu só aparecia na segunda-feira seguinte e entregava o presente ao aniversariante, me desculpava, bebia um refrigerante, comia uns salgadinhos que tinham sobrado, um pedaço de bolo e pronto. Ia embora.

A vida parecia menos chata sem os domingos. Eu até dormia em paz, quase não tinha mais insônias. Sem os domingos, o meu mundo voltava aos eixos. O vazio que eu sentia tinha evaporado. A semana ganhava velocidade. Com os anos encurtados, fui envelhecendo mais rápido. Em média, sem os domingos, um ano passou a ter 310 dias e não 365. Pode parecer pouco, mas fez diferença. Meu corpo sentiu, meus cabelos caíram e os que não caíram ficaram brancos. Mas ainda assim valia a pena. Eu perdia cinquenta dias por ano, mas ganhava sossego semanal. Vivi dez anos da minha vida sem domingos. Foram os meus anos de ouro.

Numa manhã de segunda-feira, depois de me levantar, escovar os dentes, tomar banho, preparar o café e me sentar para ler as notícias, me dei conta de que o jornal que eu tinha nas mãos era de domingo. Horrorizado, olhei para o celular e ele também marcava domingo. No dia seguinte quando acordei era domingo, e o dia seguinte ao domingo era domingo. E assim, como se eu tivesse me perdido dentro do triângulo das bermudas do domingo, a época de ouro tinha chegado ao fim.

ABSOLUTAMENTE

Não me apavorei logo de cara, eu sabia que estava passando por um momento estressante. Uma semana antes eu tinha pedido para tirar férias no trabalho e o meu chefe tinha dito que como eu não tinha mais os domingos, o lucro de sua loja no shopping caíra cinquenta por cento. Ou seja, nada de férias. Mas ele me fez uma proposta.

— E se você vier aos domingos como se fossem segundas?

A proposta dele não fazia sentido. Eu não tinha os domingos. E caso eu voltasse a tê-los, quem disse que se eu fingisse estar trabalhando numa segunda-feira isso também seria verdade para os clientes? Por experiência, eu sabia que os clientes das segundas eram mais educados e tinham mais dinheiro. Já os de domingo eram barulhentos, escandalosos e não gastavam nada. Portanto, eu saberia caso estivesse fingindo que os domingos eram segundas-feiras.

— Não! — eu respondi.

Mas eu não poderia imaginar o que aconteceria uma semana depois.

Todos os meus dias se metamorfosearam em domingos. Era um fato. Por mais absurdo que pudesse parecer. Talvez fosse um reflexo causado por uma mudança de perspectiva na constituição da minha consciência, pelo fato de eu ter perdido as férias, por ter banido os domingos da minha vida. Estava nos jornais, no meu celular, no calendário de santos na parede. Todos os dias na folhinha eram dia de Santo Antão, o eremita. Domingo. Domingo. Domingo. Domingo. Domingo. Domingo e domingo.

Se todos os dias eram domingo, o domingo verdadeiro havia perdido a razão de ser. Foi essa a lógica absurda que o universo me apontou. E eu não tinha como tirar a razão dele. O universo sabe das coisas. Não demorou muito e passei a odiar todos os dias da semana, já que todos eram domingo. Eu vi os meus anos de paz e serenidade serem espancados sem misericórdia pela decadência daquele golpe traidor dos dias de domingo me sufocando.

E o pior, tive que suportar as famílias felizes, as tevês no volume máximo, o tilintar de copos e talheres, o futebol, os programas de auditório, a nuvem tempestuosa do vazio existencial, todos os dias. Os botecos lotados, o empresário de bermuda, as lojas de rua fechadas, a babá vestida de branco empurrando o carrinho do bebê enquanto o casal finge estar usando as mãos para alguma outra coisa importante, as crianças brincando no *playground*, o silêncio dentro das agências bancárias. Tudo acontecendo em *looping*, num domingo eterno.

E isso foi me consumindo de tal modo que, passado um ano só de domingos, eu decidi que não valia mais a pena viver. Escolhi a ponte mais alta da cidade e fui para lá. Era domingo. Óbvio. E justamente por ser domingo, algumas pessoas estavam praticando *bungee jumping* na ponte que eu tinha escolhido para desaparecer para sempre.

Eu carregava uma mochila nas costas. Levava apenas o necessário: uma escova de dentes, pois não suportaria ir para o além sem ter escovado os dentes. Li algo sobre uma pesquisa que dizia que 67% das pessoas se esquecem ou se negam a escovar os dentes aos domingos. E fosse para o que fosse eu não iria emprestar a escova de dentes de outra pessoa, caso eu esquecesse de escovar os dentes. Levei também um par de meias cano alto — eu sinto muito frio nos pés — e, por último, os dois volumes de *Guerra e paz*, do Tolstói, que eu ainda não tinha lido. Dependendo do lugar para onde eu fosse, poderia ficar muito tempo sem fazer nada. Dizem que na eternidade não se faz nada. Uma longa espera pelo dia do Juízo Final. Seria uma boa oportunidade para, enfim, ler o grande clássico russo. E também porque com o peso dos dois volumes nas costas, o voo no vazio seria mais veloz.

Então, sem pensar, eu pulei. A sensação de saber que em poucos segundos o seu corpo irá se espatifar no asfalto é medonha, mas eu não tive escolha. Pensei que talvez eu tivesse feito o domingo daquelas pessoas menos monótono e isso me deixava feliz. Em queda livre, pude ver um helicóptero da polícia civil, uma revoada de pombos e uma pessoa filmando com o celular a minha queda. Senti cócegas nas bochechas, sou alérgico ao vento. Não me lembro de ter sentido dor. Minha lembrança é a de não parar de cair. Vi cidades em chamas, mares turbulentos, monstros, poetas, guerras, guerras e mais guerras, inundações e tudo estava acontecendo aos domingos. E fui caindo, caindo, caindo.

Até me ver suspenso no vazio.

No nada.

No princípio de tudo.

Eu me dei conta de que estava presenciando o primeiro dia da criação. Não por acaso, o primeiro dia da criação aconteceu num domingo. Ouvi uma voz: "Faça-se a luz", e a luz fez o dia. Das trevas se fez a noite. Era domingo. O primeiro dia do começo de tudo. Eu estava ali, naquele momento tão glorioso quanto catastrófico. Lembrei-me da tia Gê lendo o Gênesis em voz alta para a minha turma de catecismo. Se aquela fosse a voz de Deus, ela se parecia muito com a voz da tia Gê.

Ninguém me contou. Não precisei me olhar no espelho para saber. Eu apenas soube, eu pude sentir que Eu era O Domingo. Eu era o primeiro dia. E foi no meu dia, num domingo, que a luz se fez dia e a treva se fez noite.

Desliguei o relógio despertador. Era segunda-feira, o segundo dia.

Não sei muito sobre o segundo dia. Algo sobre águas e firmamento. Quem se importa?

Eu, no entanto, sabia muito bem quem eu era. Tinha cumprido o meu destino. A minha missão. Definitivamente, sem dúvida, absolutamente, eu era O Domingo.

Logo eu, que detesto domingos.

# FUI A PARIS E
# COMPREI UM PIANO

*Julia Wähmann*

FUI A PARIS E comprei um piano. Fui a Paris e comprei um piano e um trombone. Fui a Paris e comprei um piano, um trombone e uma baguete. Meu irmão sempre comprava uma baguete. Depois, uma boina. Gostava de comprar os símbolos daquela cidade que não conhecíamos, mas que rendia uma longa e louca lista de compras, graças à mamãe, que começava a brincadeira — sempre com o piano —, e à tia Lurdinha, que arrematava de avestruzes a sementes de melão. Papai cismava com queijos, exagerava os erres ao enumerá-los. Conhecia bem sua plateia e sabia que soaria mais engraçado assim. A brincadeira durava até as curvas da serra, quando o efeito do remédio contra enjoo nos fazia dormir. Dali até a chegada em casa botavam uma fita para tocar e, quando acordávamos, tia Lurdinha já não estava mais no carro.

Era a única dos cinco irmãos que não tinha filhos. Era como se tivesse burlado uma lei universal que estabelecia que adultos com mais de trinta anos deveriam ter, ao menos, duas crianças. Todos os outros tinham cumprido o papel, e por isso a casa da serra tinha ficado pequena pra tanta gente. Papai propunha um revezamento, alegando o caos constante dos fins de semana e feriados. Levei anos pra entender que ele não se dava com os meus tios. Mas, exceto por tia Lurdinha, ninguém ousava desapontar o meu avô. O batismo dos cinco já dava pistas de que ela, caçula e temporã, marcharia em outro compasso: Virgínia, Valter Luís, Valquíria, Valter Roberto e, de repente, sem explicações, uma Lurdes.

Cinco metros de tecido de lamê, um livro de Simone de Beauvoir, dois quilos de *pain au cholocat*. Tia Lurdinha pronunciava tudo com naturalidade. O primo Valtinho e eu olhávamos pra ela como quem admira a Torre Eiffel pela primeira vez. Ele seria o segundo desapontamento, mas vovô não chegou a saber. Os teatrinhos de domingo, porém, já davam pistas.

Vovô tinha plantado todas as árvores da casa. Eram seu orgulho. Tio Valter Roberto tinha construído a piscina que, por um erro de cálculo, ficou funda demais. Todos aprendemos a nadar cedo, sem tréguas no inverno, vovô improvisando um professor rígido e cândido ao mesmo tempo. Cumpridos os treinos e acertadas as braçadas, éramos compensados com um campeonato de saltos ornamentais sob

FUI A PARIS E COMPREI UM PIANO

a assistência de mamãe e tia Virgínia, juízas com astúcia suficiente para empatar as notas dos nove primos. As categorias: salto parafuso, salto bomba, salto gelatina, salto do bem-te-vi e, o mais disputado, a barrigada. As medalhas eram goiabas presas em linhas de tricô confeccionadas por vovó. Os mais corajosos as comiam depois, ignorando os bichinhos que me causavam pavor. À noite tomávamos uma colherada de vermífugo triturado misturado com mel. Vovô ficava surdo às minhas alegações, a receita era compulsória até para quem não se arriscava com a fruta.

Tudo em vovô era uma soma de opostos. Ele impunha uma liberdade cheia de regras que adorávamos seguir. Abria o portão da casa para cada um que chegava, ordenando que saíssemos do carro já sem sapatos. Pisar na grama e desviar dos formigueiros era como cruzar um portal que nos transformava no "pelotão das Agulhas Negras", como ele nos chamava. Um apito longo: aula de natação. Dois apitos: colheita no pomar. Três apitos: hora do banho. Temíamos os quatro apitos curtos: dez polichinelos, dez flexões e dez voltas correndo ao redor da piscina, a correção para os insubordinados das iscas de fígado, do suco de couve, dos risinhos durante as orações que precediam as refeições ou do que ele julgava muito barulho quando se recolhia em sua rede para o cochilo da tarde. A hora do silêncio era mais sagrada que a missa dos domingos.

Até tia Lurdinha, que não acreditava em Deus, reconhecia o milagre daquelas manhãs em que comandava o pelotão. Talvez vovô estivesse convencido de que não havia salvação pra ela e seus gostos extravagantes. As roupas, o corte de cabelo, a música, a falta de perspectiva de um casamento, tudo nela parecia uma afronta, a erva daninha do pomar. Quanto às crianças, aos olhos de vovô, ainda não tínhamos cruzado os limites da inocência. Estávamos todos dentro do perímetro da absolvição automática.

Reinava a anarquia. Parte dos primos mais velhos ouvia as fitas de Jimi Hendrix de tia Lurdinha no último volume do rádio da sala. Valter Luís Junior, o mais velho, roubava os cigarros finos dela. As primas trocavam confidências e folheavam revistas que lhes ensinavam ser adolescentes. Valtinho e eu apresentávamos para ninguém as peças de teatro que ensaiávamos aos sussurros com tia Lurdinha na hora da sesta. Pequenos dramas inventados por ele, com papéis fixos: ele, a heroína da novela das oito, e eu, uma coadjuvante que o ajudava a brilhar. Ele era quase dois anos mais velho, eu tinha que acatar. Ao final das sessões, sobrava tempo para uma escapada ao quarto dos meus avós, zona proibida para a qual ainda não tinha sido inventado castigo ou apito. Valtinho e eu admirávamos, com um misto de fascínio e medo, a farda cheia de medalhas — essas sim, verdadeiras — que nunca saía do armário. Só podia ter sido comprada em Paris.

Aos poucos os fins de semana se tornaram menos caóticos, vovô passou a apitar menos. Os primos que se tornaram os adolescentes das revistas escassearam, preferiam ficar na cidade. Valtinho e eu resistíamos, convencidos a não tomar o rumo dos outros, embora já desconfiássemos que não dava para frear o tempo. Passávamos a hora do silêncio cada vez mais comprida em cima das árvores comendo mangas carlotinha, livres de minhocas, e ensaiando roteiros em uma fase em que ele era sempre uma grande cantora. O pelotão completo se reunia apenas nas datas importantes, mas boa parte de seus soldados desertava à menor brecha, trancando-se em expressões de enfado e em fones de ouvido que os bloqueavam para o mundo.

Vovô dormia cada vez mais cedo. Em dias de melhor disposição, ele nos supervisionava na montagem de uma velha barraca de *camping* no jardim, a trincheira do pelotão desfalcado. Ficávamos horas ali, ouvindo histórias antigas, de um tempo em que ainda não existiam nossos tios, tias, pais e mães. Quando caía a luz e acendíamos nossas lanternas, vovô enxugava os olhos molhados, sorria miúdo e ordenava o descanso dos fiéis soldados. Tia Lurdinha nos perguntava sobre tudo depois, tomando notas num caderno. Valtinho floreava o que tínhamos escutado. Levei anos pra entender que ela tentava, por meio da dupla de sobrinhos, guardar as memórias que não conseguia arrancar do pai.

A farda sumiu no mesmo dia que vovô desapareceu dos domingos. A colheita das amoras, naquele ano, estragou. As mesmas histórias passaram a ser contadas por vovó, e todas pareceriam tão diferentes: a farda, a guerra, a espera.

A casa de campo tinha sido planejada como refúgio, um lugar regido pelos pés de jabuticaba, a amoreira, as missas de domingo seguidas por caminhadas em pastos e trilhas leves, os meus avós se demorando de propósito em suas conversas e lembranças.

Quando vovó decidiu vender a casa, Valtinho já estava mudado. Os teatrinhos não o atraíam mais. Era como se de repente ele tivesse lido todas as páginas das revistas de uma só vez, enquanto eu ainda me sentia a mesma menina com medo do que as goiabas podiam revelar.

Na última vez que descemos a serra, o carro entulhado de objetos, e dois ou três móveis menores presos ao rack, mamãe foi a Paris e comprou um piano. Papai comprou a baguete do meu irmão, que tinha ido para a casa de praia de alguma namoradinha. Já estávamos todos crescidos para a brincadeira. Já não sei mais quanto tempo durava a viagem. Esqueci tantos detalhes das histórias que meus avós contavam, agora só posso confiar nas memórias fantasiosas do meu primo, acrescidas do tom agridoce de tia Lurdinha. Faço um esforço para me lembrar do sorriso do meu avô depois que cruzávamos a piscina com dedicação. Sua alegria ao saber que vovó tinha feito pudim para a sobremesa. As mãos dos dois entrelaçadas quando uma vez pediram para assistir a um dos nossos teatros. Os aplausos efusivos. Já não sei se o olhar tenro para tia Lurdinha foi real, ou algo que inventei para eles, para ela. Mas ainda me lembro com exatidão da lista de compras de tia Lurdinha

FUI A PARIS E COMPREI UM PIANO

e sua namorada naquela última viagem: um cesto cheio de lavanda, um leque de plumas, uma coleção de chaves enferrujadas, um vidro de perfume Chanel, três *croissants* e pilhas para a lanterna da barraca de *camping*.

# MANEJO

*Maurício de Almeida*

## Sábado

Ela segura a colher atravessada na mão feito uma criança, aperta com força para equilibrar a mandioca cozida e levar à boca. E treme o suficiente para que eu diga
— mãe
não para ajudá-la, mas socorrê-la: pego a colher e ela abre a boca fazendo bico, a cabeça para trás, que seguro, a mandioca derrete nos lábios. Passo o papel toalha para tirar o excesso, ela mais chupa que mastiga. Os olhos se perdem ao redor da sala, ela parece redescobrir indefinidamente os móveis — o armário que acomoda a televisão ligada, a estante que expõe porta-retratos nos quais nos desconhecemos e acumula as poucas correspondências que ainda chegam, o sofá que acolhe as almofadas, o cobertor

amarrotado, um jornal lido. Ela ainda mastiga e, nessa investigação ao mesmo tempo calma e desinteressada, me flagra observando seus lábios engordurados. Limpo mais uma vez sua boca, ela fecha os olhos e balança a cabeça em negativa, contrariada. Ela me olha e não sabe meu nome.

A televisão mostra o centro da cidade ao qual não vou há tanto tempo que acho nunca ter ido, o apresentador do jornal anda pelo estúdio, gesticula com entusiasmo ao dizer que hoje é sábado e se despede. Ela mastiga nada e me olha como quem espera, esses olhos caninos. Que diferença faz ser sábado? Se, independente disso, levantá-la e suspendê-la pela cintura para guiá-la ao banheiro — o banho, os dentes que escovo —, pegar o pijama enquanto ela espera enrolada à toalha no meio do quarto, revirar o cabelo com a toalha úmida para secá-lo, sentá-la na cama para penteá-la.

Hoje é sábado, mas que importa?

## Boas práticas

A agência de notícias da Fundação de Amparo à Pesquisa do Estado de São Paulo noticiou o artigo "Patterns of nuclear and chloroplast genetic diversity and structure of manioc along major Brazilian Amazonian rivers",* publicado em janeiro de 2018 na *Annals of Botany*, centenária revista

---

\* "Padrões de estrutura e diversidade genética nucleares e de cloroplastos de mandioca ao longo dos principais rios amazônicos" [tradução livre].

científica dedicada a estudos sobre biologia vegetal sob responsabilidade da Oxford University Press. Decorrente das pesquisas de pós-doutoramento de Alessandro Alves--Pereira no Departamento de Biologia Vegetal da Universidade Estadual de Campinas, o artigo aprofunda interesses anteriores do biólogo, dentre os quais, a partir da diversidade genética, da arqueologia e da etnobotânica, investigar o processo de domesticação da espécie *Manihot esculenta*.

Estudos arqueológicos inferem que a domesticação desse tubérculo, conhecido também como mandioca, macaxeira ou aipim, ocorreu há cerca de 9 mil anos, no sudoeste da Amazônia. A partir desse polo, o cultivo teria se disseminado entre os indígenas ao longo dos rios da bacia Amazônica. Partindo dessa premissa, a pesquisa procedeu à coleta e análise genômica de exemplares de mandioca--brava, mandioca-mansa, *Manihot esculenta ssp. flabellifolia* e ainda outras não designadas, cultivados ao longo dos rios Negro, Branco, Madeira, Solimões e Amazonas, além de amostras do nordeste do Pará e do sul de Rondônia.

Contrariando as expectativas dos pesquisadores, não houve variedade genética entre os exemplares coletados nos diferentes rios, fato que impossibilitou mapear a disseminação do cultivo. No entanto, o maior grau de heterozigosidade da mandioca-mansa em relação à brava indica ter sido domesticada há mais tempo. Por isso, uma das conclusões do artigo é a de que as duas variedades tiveram processos diferentes de dispersão não apenas no tempo, mas também no espaço.

A mandioca possui glicosídeos cianogênicos capazes de gerar ácido cianídrico (HCN) após uma reação de hidrólise e causar intoxicação fatal se ingerida. A mandioca-brava tem valores acima de 100 mg HCN/kg e a mansa, 50 mg HCN/kg. Foram os diversos povos indígenas da atual região Amazônica que desenvolveram não apenas o plantio desse tubérculo, mas a seleção e a tecnologia química de destoxificação do cianeto. Independentemente dos paradigmas científicos acordados pelas diversas cosmologias, a domesticação do que quer que seja parte da observação e do manejo para a sujeição daquilo que se domestica. Nessa produção de conhecimento acumulado, a ancestralidade é também instrumento formidável ao processo.

## Sábado

Depois de tanto, ela se deita.

A cama parece cada vez maior porque o corpo dela é pequeno e diminui. Como sempre, ela vira de lado me dando as costas e encolhe as pernas, coloca as mãos entre os joelhos como se sentisse frio. Estendo o lençol, abro a manta dobrada ao pé da cama e digo

— boa noite

ao apagar a luz do quarto.

Ela não responde.

Na sala, as coisas permanecem sobre a mesa, as cadeiras estão desorganizadas como as deixamos. Todos os dias esse itinerário que não se encerra ao colocá-la na cama, recolher as cadeiras à mesa e o arroz espalhado nos pratos (a mandioca parece rançosa agora que está fria) e lavar a louça: primeiro os copos, então os talheres, os pratos menores e, depois, os maiores, dispô-los nessa ordem no escorredor; por último, as tigelas, as panelas, enxaguar a cuba e esfregar as bordas, secar a pia. Sempre custa mais tempo que parece, por isso, ainda não começo.

Antes, vou à cozinha para beber água. Os remédios se acumulam ao lado do filtro, já quase não os distingo porque são nossos, quase não sei mais meu nome. Confiro as roupas no varal e não sei se estão frias ou úmidas. Abro a janela da área de serviço e, no sexto andar desse prédio, a luz irreal dos postes desenha círculos amarelos nas ruas ao redor da construção, iluminando também a vida esquecida sobre o telhado das casas, um risco de luz acompanha a avenida e atravessa o horizonte escuro, um escapamento de motocicleta extrapola o rumor dos carros, nenhuma brisa.

Volto à sala e recolho tudo porque é isso que precisa ser feito. Abro a torneira e encho as panelas para deixá-las de molho, faço o mesmo com os pratos antes de empilhá-los, coloco os talheres todos dentro de um copo, o detergente espuma por causa da água. Mas, em vez de pegar a esponja, fecho a torneira e enxugo as mãos no pano de prato encardido que estendo sobre a tampa aberta do fogão.

Hoje é sábado e decido não lavar a louça.

## Boas práticas

O processo de urbanização de certas regiões brasileiras na virada do século XIX ao XX foi composto também pela publicação de manuais de etiqueta e civilidade, que buscavam europeizar os modos e as condutas da casa, sobretudo educar as mulheres. Publicado em 1902 pela Laemmert & C. Editores, *O lar doméstico: conselhos para boa direcção de uma casa*, manual escrito por Vera Cleser, propõe em seu prefácio se ocupar "dos arranjos e assumptos principaes da vida intima com a simplicidade despretensiosa de uma mãi que, com sua filha, percorre o lar e com ella analysa as ocupações diárias em todos os seus detalhes [...]".

Divido em quatro seções que se organizam em temas gerais afeitos aos cuidados da casa, a organização dos cômodos, os eventos sociais e instruções objetivas sobre a higiene geral doméstica, a quarta e última parte destaca entre os asseios:

"Como se lavam os pratos e as panellas
[...]

Qualquer quantidade de gordura, molho de carne, caldo de sopa, legume etc. que tiver ficado nas panellas, a dona de casa guarde, imediatamente depois da refeição, em tigelas de ágatha ou de vidro e leve ao guarda-comidas para ser aproveitado no preparo da refeição seguinte.

A criada lave os pratos na agua de potassa e esfregue com sabão e uma escova as travessas providas de azas ou de ornamentos em relevo. Estando lavada a louça e antes de exagoal-a lave as mãos e os braços em agua quente e com sabão. É preciso muita ordem nisso, porque a louça lavada sujar-se-ia de novo em contacto com as mãos e os braços, aos quaes adhere inevitavelmente a gordura da agua em que se lavam os pratos e travessas. Sem esta precaução não será absolutamente possível ter-se louça e toalhas de pratos asseiadas. A dona da casa inspecione incansavelmente, porque nenhuma criada respeita a simples ordem.

A louça enxagoada deve-se colocar sobre uma mesa, em parte coberta com uma grossa toalha de algodão, reservada para este fim. Immediatamente depois de enxugada deve-se guardar no guarda-louça ou na étagère. Os diversos pratos e travessas devem formar pilhas mui exactas. Toda a louça se deve lavar com o panno apropriado, enxagoar em agua quente e enxugar com uma toalha muito limpa.

A louça decorada com pinturas ou filetes de ouro se deve lavar em agua apenas morna, com sabão, mas sem potassa.

A dona de casa mude as toalhas duas vezes por semana e em principio de cada mez forneça panos novos para a lavagem dos pratos e das panellas.

As panellas devem ser tão limpas por fora como por dentro. A criada esfregue-as interior e exteriormente com areia peneirada, cinza e um pouco de sabão, enxagôe com agua clara, enxugue com o panno bem torcido e as exponha por alguns minutos ao calor do forno. As panellas de cobre estanhadas não se devem limpar com ácidos, mas sim com cinza e sabão. Panellas de cobre não estanhadas, não devem ser admitidas numa cozinha.

Para terminar a limpeza da cozinha, a criada lave as mesas e pias, passe um panno húmido sobre o fogão, limpe as cadeiras e o peitoril das janelas e ponha lenha no deposito apropriado. Por ultimo lave as vasilhas e todos os panos que serviram para fazer a limpeza estenda-os para enxugar e varra o soalho." (CLESER, Vera A. O *lar doméstico: conselhos para boa direcção de uma casa*. Rio de Janeiro/S. Paulo: Laemmert & C. Livreiros/Editores, 1902, p. 258-260).

## Sábado

Sento-me no sofá porque não sei o que fazer, não quero fazer nada. Redobro o jornal antes de deixá-lo ao chão, encontro o controle remoto para abaixar o volume e troco canais, mas não presto atenção. Uma zoada atravessa minha cabeça e respiro como se me faltasse ar, como se fosse chorar. Espalmo as mãos sobre o rosto e aperto, sinto uma aflição tensionando o pescoço, não sei se a luz está fraca ou se as coisas estão pesadas de sombras. A rua silencia porque a noite avança e isso tampouco é reconfortante: nesses dias sem horas, nessas horas sem propósito, tudo é pretérito e, ao mesmo tempo, iminente.

Ela ressona, ronca. Durante toda a vida, ela nunca dormiu com a louça suja na pia. Havia uma obrigatoriedade tácita de que, independentemente do que houvesse ou que horas fossem, o jantar era seguido por esse ritual que ela executava e para o qual me convocou ainda pequena. E, desde o primeiro erro, não apenas a repreensão

(— imagina depender de você quando ficar velha)

mas a imposição desse desígnio.

Ela não pode fazer nada por causa da louça na pia hoje, penso.

Recosto, coloco uma almofada atrás da cabeça. Mas me fustiga essa expectativa de pendências e por isso sei que, mesmo se houvesse sono, não haveria descanso.


## Boas práticas

Houve um intenso debate internacional no início do século XX sobre procedimentos segregadores e autoritários da psiquiatria, contextualiza a tese "Microquímica do poder: uma análise genealógica dos psicofármacos contemporâneos", defendida por Sílvio de Azevedo Soares ao Programa de Pós-Graduação em Ciências Sociais da Faculdade de Filosofia e Ciências, da Universidade Estadual Paulista, em maio de 2021. A antipsiquiatria que ganhou voz nesse período propunha desde a reforma das instituições asilares até o rompimento total com os procedimentos vigentes.

No desenrolar desse embate, que, se ao fundo questionava a sinonímia entre loucura e doença mental, sem dúvida explicitava o desgaste da estrutura de poder que conjugou a constituição dos hospícios e o poder da sanidade médica em oposição simétrica à loucura dos pacientes, esse embate resultou em uma revisão das estratégias psiquiátricas de governo dos indivíduos. Buscando atuar a partir de indícios de uma ciência estabelecida, isto é, tecnologias modernas em detrimento de indícios empíricos, sistemas organizados de diagnóstico e atuação medicamentosa precisa sobre os sintomas, a psiquiatria que se apresenta no quarto final do século XX e alcança o século XXI instrumentaliza e condiciona a liberdade em relação às instituições psiquiátricas por meio do consumo de psicofármacos.

Não por acaso, portanto, a elaboração laboratorial dos Inibidores Seletivos da Recaptação da Serotonina (ISRS) tem termo nesse período. Diferentemente de outros psicofármacos, os ISRS foram industrialmente desenvolvidos pelo laboratório norte-americano Eli Lilly, que, em 1972, sintetizou a substância LY86032 para, em 1987, lançar o cloridrato de fluoxetina, isto é, o Prozac. Em que pese causar menos efeitos colaterais que os antecessores, o pressuposto de sua invenção é frágil: a presunção de que sistemas particulares de aminas cerebrais sustentam determinados humores, comportamentos e afetos.

Manejados à exaustão em laboratórios, a psicofarmacologia subverteu os intentos que questionavam prática psiquiátrica. A descentralização médica e manicomial não significou dissolução de poder, mas uma difusão tal que a própria ideia de liberdade está atrelada a esses remédios: estão salvos das restrições clínicas aqueles que se medicam previamente. Professor do Departamento de Sociologia da London School of Economics, Nikolas Rose argumenta no artigo "Neurochemical Selves" a premissa molecularmente cerceadora daquilo que designou como sociedades psicofarmacológicas: *"in such societies, in many different contexts, in different ways, in relation to a variety of problems, by doctors, psychiatrists, parents and by ourselves, human subjective capacities have come to be routinely re-shaped by psychiatric drugs"*\* (ROSE, Nikolas. "Neurochemical selves". *Society*, 41, v. 1, p. 46-59, novembro, 2003).

---

\* "nestas sociedades, em diferentes contextos, de diferentes formas, em relação a uma série de problemas, por intermédio de médicos, psiquiatras, pais e de nós mesmos, as capacidades humanas subjetivas passaram a ser rotineiramente remodeladas por remédios psiquiátricos" [tradução livre].

## Sábado

Uma excitação estéril, é disso que são feitas as insônias, pensamentos que extrapolam em excesso, uma aflição voltada a si. A sala pequena parece diminuir, por todos os lados a noite se arrasta indefinida e quente, não sei em que mês estamos. E, feito todas as noites, ela tosse no quarto, parece engasgar-se (mas nunca se engasga). Por isso me levanto e vou à cozinha, para não acordá-la (ou para evitar sabê-la acordada?).

As panelas, os pratos, a tábua de corte felpuda e suja de terra por causa das cascas da mandioca, o pote de sal aberto. Encho um copo de água antes de pegar esses comprimidos aos quais devoto calma e sono, dos quais dependo porque desmobilizam a consciência inegociável de tudo que implica cuidar dela. São minúsculos e prescindem de água, mas bebo para não sentir o gosto dessa necessidade, mesmo que já não saiba que amargor é pior.

Volto ao sofá e me deito. A madeira do armário é frágil porque as prateleiras recurvam, por vezes um golpe de luz da televisão ilumina os porta-retratos e a entrevejo segurando a cintura em uma foto em preto e branco e penso nessa vida distinta e desconhecida porque anterior a mim, da mesma forma que essa vida em que me ignora porque já não me reconhece.

Vida?, se parece não haver nada antes ou depois disso, eu e ela eternizadas nessa noite e meu corpo torto no sofá, o calor do cobertor que incomoda, invariavelmente atenta a qualquer coisa que aconteça. Há quanto tempo essa incumbência se tornou tudo que sou? Penso que há tanto que talvez ela não tenha esquecido meu nome ou quem sou por causa da doença, mas por prescindir de lembrar, por estarmos as duas sós e suspensas nesse limbo.

Viro o corpo dando as costas à sala, encolho-me e afundo o rosto no sofá: dormir talvez me seja a única liberdade possível. É só fechar os olhos, ela dizia quando eu era criança, e mesmo essas lembranças ordinárias não são leves ou fáceis, porque, ao notá-la impaciente, não conseguia dormir — e também isso se tornou uma obrigação, algo mais no que falharia e frustraria as expectativas dela.

## Boas práticas

Aprendi sem que ela me ensinasse, desvendei como se criasse um método para ordenar aquele mundo de pratos empilhados (e éramos tantos, muito mais do que me lembro agora), os talheres todos de molho na água rasa de um copo, as panelas cheias de água sobre a pia. A mãe apanhava a esponja no pote de sabão em pasta e já nesse movimento um detalhe, a pressão e a breve curvatura dos dedos para acumular sabão, um fio de água para umedecê--lo e primeiro ela lavava os copos, porque a esponja ainda não estava engordurada, girando as mãos em movimentos circulares contrários e os enxaguando um a um para então me entregá-los. Eu os secava com medo de derrubá-los, e isso me fazia lenta e pouco articulada, ao que ela repreendia se acumulassem dois ou três para secar.

Despejando-os na pia, os talheres se espalhavam ao lado dos pratos e mãe empastava a bucha outra vez, ordenando facas, garfos e colheres não enquanto os lavava, mas depois, ao separá-los entre iguais no escorredor de talheres. Mais óbvias eram as louças, porque sempre as pequenas primeiro — pires e cumbucas, pratos de sobremesa — e só depois os pratos maiores, que ela limpava também em círculos concêntricos, desde a borda até o centro, os dois lados antes de suspendê-los debaixo da torneira, tirando com a mão a espuma do sabão para me entregá-los. E mesmo naquilo que me cabia ela não explicava, mas redistribuía as louças no escorredor obedecendo o tamanho, e não me custou muito entender e repetir o arranjo, a ordem natural das coisas.

As panelas ficavam por último e custavam mais esforço, não só pelo tamanho, mas por causa da comida seca ao redor da borda, a oleosidade. As panelas pretas e pesadas, ásperas por causa do ferro fundido, o cabo de madeira — ela as dispunha sobre os pratos ou inclinadas, amparadas pelo escorredor, recolhendo com as mãos enrugadas a água sobre o granito escuro da pia, enxugando-as na roupa antes de me pedir o pano de prato, que estendia com as mãos secas.

Mais que um método, a expectativa sempre frustrada de que a pia limpa faria o dia seguinte mais leve.

## Sábado

Um alheamento essa sensação mais pesada que a calma, o mundo ordinário e imediato e nem por isso mais fácil, uma sensação enviesada e estrangeira. Espalmo as mãos, abro e fecho os dedos como se para me certificar de que são as minhas mãos. Meu corpo é quente e lento, os pensamentos escorregam e não me sinto menos angustiada, mas indiferente, pouco importa que não descanse essa sonolência ou o susto dos pesadelos que surpreendem porque sequer me sabia sonhando.

Hoje era sábado? Talvez fosse.

E ela está dormindo e sei que se deteriora, a toxicidade de proteínas mal-acabadas que progressivamente remata os neurônios e a memória, a capacidade motora — foi o que disse o médico e soam palavras ordinárias agora, leves. Estou deitada no sofá, olho minhas mãos espalmadas e vejo sombra.

## Boas práticas

Não por acaso a hora é a sombra do tempo: uma haste (um galho ou obelisco, não importa) providencia o ponteiro de sombra que circunda o mostrador dividido em doze partes. Concebido por astrônomos egípcios e babilônicos milênios antes de Cristo, o relógio de sol foi o primeiro

Maurício de Almeida

artifício deliberadamente criado para compartimentar a duração solar em unidades iguais que se acumulam. E foi também a primeira e mais fundamental artimanha metonímica da domesticação, na qual se aplica às partes intenções que alteram o todo: particionar um ciclo indefinido em unidades de ciclos menores, que, ao contrário do molde, implicam um sentido de início e fim porque restritos às possibilidades matemáticas.

Os séculos XIII e XX refinaram a técnica: a ampulheta, a clepsidra, o relógio. Concebido por Galileu Galilei ao observar que os lustres da Catedral de Pisa e aprimorada por Christiaan Huygens com a publicação de *Horologium Oscillatorium*, em 1673, o princípio da oscilação dos pêndulos aplicado à marcação do tempo é determinante nesse refino, porque implica um oscilador repetir o mesmo movimento em um mesmo intervalo de tempo, mantendo constante o intervalo de cada repetição. De resto, um dispositivo que converte a energia em pulsos e aciona a cadeia de contadores, organizado em unidades convenientes — segundos, minutos e horas.

A metade final do século XX aprofundou o governo sobre o tempo a partir desse princípio. A relojoaria substituiu o pêndulo por uma lasca minúscula de quartzo talhado em diapasão, que, atravessado por corrente elétrica, vibra 32.768 vezes — e esse pulso regula as engrenagens dos relógios analógicos ou geram os impulsos elétricos que dispõem os números no mostrador digital. Tal processo culmina no relógio atômico. O Observatório Nacional Brasileiro possui dois relógios de Césio 133, nos quais o átomo é estimulado por ondas eletromagnéticas para que oscile de forma regular e a cada 9.192.631.770 oscilações do átomo, isto é, um segundo.

## Domingo

O vidro da janela está fechado e aos poucos perco meu reflexo, distingo prédios e árvores, a platibanda rodeando o telhado das casas mais próximas, a rua está vazia. Sento-me na cadeira, ajeito o cobertor que me cobre pendendo dos ombros, cruzo as mãos e as pernas. O mundo é taciturno ainda, ela dorme.

Embora a luz clara devolva realidade, algo da ordem do inesperado, uma constatação: lembro de nós certa noite há muito tempo, ela me velava porque eu ainda era criança e sentia febre e o mundo era ingênuo porque éramos ingênuas. Ela cochilava quando acordei e por isso se assustou com minha surpresa ao perguntar

— o que está acontecendo com o céu?

pois a noite havia se transformado em algo que eu nunca havia presenciado, esse azul pesado e breve que precede o dia.

Algo mais se desvendava e não notávamos, porque algumas coisas requerem experiência para serem vistas. Mas compreendemos não importar início ou fim, esses limites da linguagem, porque descobríamos um verbo, o verbo. Descobrimos — porque ela descobriu também.

Isso não diz respeito à cronologia, eu acho.

Ela tosse, reclama.

E a louça está suja na pia.

# ERIC

*Tobias Carvalho*

EU TINHA DEZENOVE ANOS, estava no primeiro semestre da faculdade e não era mais virgem desde o ano anterior (quando conheci um turista australiano em uma festa e fui com ele pro hotel Plaza; ele não quis que eu dormisse com ele, e eu nunca soube por quê). Logo que passei no vestibular, me adicionaram num grupo da turma do Instituto de Artes. Os alunos novos tinham que responder um questionário que incluía estado civil, signo, orientação sexual e posição preferida. Publiquei minhas respostas e passei a próxima hora checando os comentários. Tomei a decisão de entrar na universidade com essa questão fora do meu caminho. Todo mundo já sabia sobre mim; eu não tinha que esconder nada. Ninguém se escondia. Não tinha por quê.

No primeiro mês de aula, a turma dos veteranos alugou uma casa de festas na Cidade Baixa; no dia seguinte, mesmo com todo mundo ainda de ressaca, uma guria da turma organizou uma noite num salão de festas do condomínio. Cada um levou a sua bebida. Perto das três da manhã, algumas pessoas se trancaram num banheiro e me chamaram pra ir junto. Eu nunca tinha ficado pelado com tanta gente ao mesmo tempo. Saí de lá meio bêbado da experiência.

Vieram outras festas do Instituto de Artes. Sempre tinha alguma putaria envolvida.

Cansei daquilo depois de alguns meses. Passei a me sentir vazio. Acho que os meus colegas também. As cadeiras teóricas impuseram um ritmo pesado de estudos. A gente pensava que Artes Visuais seria tranquilo. Não era.

Consegui um emprego de garçom em um café no campus do Vale, e tinha que ficar indo e vindo de ônibus entre a zona norte e o centro da cidade. Chegava em casa cansado e mal via minha mãe. Eu folgava aos domingos, minha mãe, aos sábados.

Domingo era o dia que eu tirava pra mim. Eu tinha tempo livre pra estudar, sair com amigos ou simplesmente ficar à toa. Acordar tarde, passar um café e decidir o que fazer.

Em um desses domingos, baixei um aplicativo de encontros e me impressionei com a quantidade de caras perto de onde eu morava. A maioria não mostrava o rosto. Gastei um tempo falando com alguns deles até que me deparei com um perfil sem foto nenhuma. Na descrição dizia que ele procurava algo fixo. Ele tinha só um ano a mais que eu e estava a dois quilômetros. Conversamos sobre banalidades, e ele mandou uma foto do rosto. Achei ele bonito, mas quis fingir que tinha o controle da situação, e só mandei: *curti*. Ele me deu o endereço dele.

Cheguei em um condomínio com vários blocos na Ipiranga e segui por um caminho de concreto até o prédio que o porteiro indicou. O guri abriu a porta de camiseta e uma cueca com sanduíches néon, e disse, "Oi", sem sorrir. O apartamento era organizado, limpo, com poucos móveis. Tudo parecia ser recém-saído do plástico.

Fomos até o quarto, menos organizado que o resto. A cama estava bagunçada, a escrivaninha tinha uns papéis espalhados. O beijo dele era suave, babado, como uma lesma se locomovendo, mas num bom sentido. Usei os pés pra tirar os tênis e as meias, e quando tentei puxar a camiseta do guri, ele me impediu. Ele disse que não gostava de transar sem camiseta.

"Por quê?"

"Não gosto. Só não gosto."

Olhei rápido pro corpo dele, tentando entender de onde vinha aquela insegurança. Ele se sentia fora do padrão? Ele tinha alguma marca no corpo? Eu sinceramente não me importava com esse tipo de coisa. Queria que ele soubesse que não precisava ficar inseguro comigo.

E, claro, eu também não me importaria se ele continuasse de camiseta.

Ele me chupou, depois chupei ele, e então ele tirou umas camisinhas da gaveta. Eu queria aproveitar melhor as preliminares, mas não falei nada. Na verdade, eu estava adorando estar ali, e parecia que ele também estava gostando, mas de um jeito estranho. Ele alternava expressões de prazer e dúvida. Talvez ele estivesse preocupado com alguma coisa. Dei um abraço nele e fiquei assim por um tempo, esperando que ele relaxasse. Ele ficou parado por um tempo, parecia realmente relaxado, e depois rasgou a embalagem da camisinha com a boca. Que afudê, devo ter pensado.

Depois de transar, nos deitamos de olhos fechados. Escutei ele respirando.

"Ei", eu disse. "Qual o teu nome?"

Ele respirou fundo e disse, "Eric." O ar-condicionado funcionava aos socos, alternando bastante ar com nada de ar.

"Eu, Artur."

Eric ficou em silêncio.

"Tu mora aqui sozinho?", eu disse.

"Sim."

"Que que tu faz da vida?"

"Cursinho."

"Ah, legal. Pra quê?"

"Medicina."

"Bah. Boa sorte. Tá tentando faz tempo?"

"Vou tentar pela primeira vez."

Ele respondia assim: sem perguntar nada de volta.

"Tu é daqui de Porto Alegre?", eu disse.

"Não. Camaquã."

"Isso é longe?"

"Umas duas horas."

"E teus pais moram lá?"

"Sim."

Peguei um ônibus pra casa pensando em como seria conhecer os pais dele em Camaquã. Por que ele tinha tanta dificuldade em se soltar, se a gente estava a sós no apartamento, longe de qualquer pessoa que ele conhecesse? Eu me sentia tão liberado desde que entrei pra faculdade que tive vontade de mostrar pra ele como era se sentir livre.

O pensamento voltou algumas vezes durante a semana. Eu queria chamar o Eric de novo quando chegasse a minha folga. Quando acordei no domingo, ele já tinha mandado uma mensagem me convidando pra ir até lá.

Quando entrei no aplicativo, eu não procurava um namorado; com a minha rotina, seria até difícil namorar. Não esperava encontrar alguém com quem transar às vezes, mas me animei com a perspectiva de ir de novo até lá. Tomei um banho e peguei o ônibus pro Jardim Botânico.

Mais uma vez, a postura dele foi incerta. Ele tinha cheiro de perfume caro. A foda durou uma meia hora.

"Qual teu sobrenome?", eu perguntei, quando a gente estava deitado.

"Pra que tu quer saber?"

"Pra te adicionar."

"Não, tu não vai fazer isso."

"Ah, não?"

"Ninguém sabe de mim. Eu tenho namorada em Camaquã."

"Ah."

Me senti meio usado. Ele não tinha falado nada sobre isso antes, e agora eu estava na cama dele, só de cueca.

"E qual a ideia?", eu disse.

"Que ideia?"

"Tu pretende continuar desse jeito?"

"Pretendo. Tem problema pra ti?"

Olhei pro mural em cima da escrivaninha. Tinha fotos com a família e com uma turma de amigos, mas nenhuma foto com a namorada.

"Tu não vai nunca contar pra ninguém então?"

"Contar o quê?"

"Que tu é gay."

"Quem disse que eu sou gay?"

"Bi?"

"Não tem nada pra contar. Desculpa não ter te falado antes. Se tu quiser continuar se vendo, a gente pode. Se não, tudo bem."

Duas semanas depois, acordei de ressaca depois de ter tomado um porre no bar na frente do prédio da Economia. Abri o aplicativo e vi o Eric online. *Quero te ver*, mandei pra ele. *Vem*, ele respondeu.

Por um mês, a gente se viu todos os fins de semana. A interação se resumia a sexo e cochilos e umas poucas palavras. Algum dia eu e ele faríamos alguma outra coisa além de transar? Eu queria ver um filme, tomar um chimarrão no Jardim Botânico, alguma coisa assim. Eric não falava muito, mal respondia às minhas perguntas, continuava presente só pela metade. Eu gostava do tempo com ele, mas era angustiante ficar naquela estagnação, sem poder desenvolver nada, sem saber nada sobre a pessoa com quem eu passava os domingos.

Em uma dessas vezes a gente dormiu juntos por duas horas. Acordei tonto e demorei pra entender onde eu estava. Minha mãe tinha mandado mensagens perguntando por mim. Pensei que o Eric poderia me convidar pra jantar, mas ele não falou nada.

Quando cheguei em casa, minha mãe estava na sala, vendo TV, e disse, "Artur, onde que tu tava, guri?" com um sorriso pra disfarçar o nervosismo e não parecer intrometida.

"Com um amigo, mãe."

"Ah, tá, com um amigo, meu filho. Tudo bem, mas me avisa quando for ficar o dia todo fora, manda uma mensagem, tá?"

"Mando, mãe."

Na semana seguinte, dei um abraço no Eric quando cheguei. Ele ficou com os braços colados no corpo até eu me afastar. Então tentei tirar a camiseta dele.

"Tá. Já falei contigo sobre isso."

"Eric, olha só. Eu fico de pau duro cada vez que eu encosto em ti. Sei que tu fica desconfortável, mas, de verdade, não precisa ficar."

Ele ficou quieto, respirou fundo e puxou o ar como se fosse dizer alguma coisa, mas não disse nada.

Fomos pro quarto e ele tirou a camiseta. Como eu suspeitava, ele era lindo sem camisa. Eric tinha um corpo parrudo e sem muitos pelos.

Tentei ir com calma. Beijei o pescoço dele, e alguns minutos depois, o peito e a barriga também. Finalmente ele parecia confortável, respirando forte e demonstrando prazer, como se ele só precisasse tirar a camiseta pra que tudo fosse perfeito. Fodemos e nos deitamos suados por cima dos lençóis.

"Queria te perguntar uma coisa", eu disse.

"Diga."

"Tua namorada nunca sacou nada?"

Ele desfez o contato visual e ficou olhando pro teto.

"É complicado. Sim, ela sabia."

"Sabia?"

"É."

"Vocês terminaram?"

"Não."

"Então o quê?"

"Eu não falei bem a verdade pra ti."

Esperei ele continuar.

"Eu tinha uma namorada. Ela se envolveu num acidente de carro no começo do ano. E faleceu."

"Quê? Cacete. Bah, eu sinto muito."

"Capaz. Tudo bem."

"Não sei o que te dizer."

"Não precisa dizer nada."

"Então isso já tinha acontecido quando a gente se conheceu?"

"Já."

"E por que tu disse que tava namorando?"

Senti o espaço entre nós ficar maior.

"Não sei. Eu não consegui falar. Não consigo falar direito ainda."

Agora que ele tinha dito tudo aquilo pra mim, eu queria nunca ter perguntado.

"Preciso de uma ducha", ele disse. "Já volto."

Achei melhor não ir atrás dele. Olhei de novo pro mural acima da escrivaninha e tentei encontrar a foto da namorada. Eu não entendia como era passar por uma experiência de luto, ainda mais no caso dele. Ninguém sabia que o Eric gostava de guris. Fiquei me perguntando como era a relação dele com a namorada, e imaginei que devia ser bonita, por um lado, e conflituosa, por outro.

A carteira do Eric estava na escrivaninha. Escutei o chuveiro ainda ligado e me levantei. Abri a carteira e encontrei o documento de identidade. Li o sobrenome e guardei a carteira de volta.

Alguns dias depois, procurei o perfil dele e enviei uma solicitação de amizade. No fim do dia procurei de novo o perfil e não achei. A mesma coisa aconteceu no aplicativo de encontros. Eric tinha me bloqueado.

Esperei alguns dias. Fiquei desesperado, com a sensação de ter deletado sem querer um trabalho que demorou muito tempo pra ficar pronto. Só anos depois, quando eu já estava namorando com o Caíque, o Eric me desbloqueou.

# ABSTRAÇÃO INFORMAL

*Adriana Lisboa*

O EXPERIMENTO COMEÇOU CERTA noite, à hora do jantar. Alguém do outro lado da mesa pediu que lhe passassem o saleiro, e cheguei a sentir a sutil obediência dos músculos da minha mão direita começando a executar o gesto. Eu já havia terminado de comer e a mão estava apoiada no colo, mas esse espasmo dos músculos foi quase imperceptível: a mão não chegou a se levantar. Por algum motivo, interrompi-me ali e não estendi o braço na direção do saleiro. Mas a pessoa ao meu lado, já não me lembro quem — a esta altura as coisas estão mais difusas na memória, o que talvez seja natural, dada a minha nova situação —, a pessoa ao meu lado prontamente apanhou o saleiro, decerto sem pensar mais do que dois segundos no assunto, e o estendeu para o outro lado da mesa.

Aquilo me deixou pensativa. Bolei o experimento a princípio como uma brincadeira pessoal, como quando era criança e ficava vesga a fim de averiguar outras formas de visão. Na manhã seguinte, saí cedo, explicando num bilhete que tinha uma consulta com o dentista e depois um par de compromissos no centro da cidade. Deixei a minha xícara de café cuidadosamente suja dentro da pia. Quando voltei, já perto da hora do almoço, a xícara continuava ali, junto com alguns pratos, copos e talheres. Preparei sanduíches frios, com a desculpa do calor intenso, arrumei numa bandeja, cobri com aquele quadrado de tule bordado nas pontas e deixei em cima da mesa.

Fui cuidar de responder às mensagens e propositalmente não respondi a algumas. Em seguida traduzi somente quatro das oito páginas que precisava traduzir naquele dia a fim de não deixar o trabalho acumular, e passei o restante da tarde acompanhando o vaivém das rolinhas no ninho, no galho de árvore bem em frente à minha janela.

Os sanduíches tinham sumido da bandeja, no fim da tarde. Notei que a louça suja continuava empilhada na pia da cozinha, mas de algum modo aquilo já não me incomodava, quase como se na verdade não me dissesse respeito — quase como se eu estivesse vendo a imagem num filme.

Senti fome. Não comia desde cedo. Cortei cebolas, palmitos e cenouras em rodelas, parti o brócolis e a couve-flor, tudo isso e mais grão-de-bico e um molho de tomate e leite de coco, demorei-me nos temperos — que prazer sentir o ar se enchendo daqueles vapores que subiam da

## ABSTRAÇÃO INFORMAL

panela. Preparei arroz branco para acompanhar e recebi elogios à mesa, mais tarde. Quando terminei de comer, aleguei uma dor de cabeça e pedi que cuidassem da louça. Responderam com sorrisos, estavam alegres, havia uma garrafa de vinho aberta e a conversa fluida ainda se estendeu por muito tempo à mesa enquanto eu, no quarto, sentia-me feliz, a luz do abajur acesa e um livro que peguei para ler, mas não lia porque a leitura, naquele momento, não me fazia falta em absoluto. Existia uma excitação em estar viva, ali, sozinha, ignorada por todos. Lembrei-me da minha saudosa avó, que tinha um porta-retratos na mesa de cabeceira com uma fotografia de Fidel Castro. Ela se fechava no quarto para meditar, dizia que era para meditar, e durante uma hora todos tínhamos que fazer silêncio na casa. Era bom aquele silêncio imposto.

Minhas aventuras foram ficando mais ambiciosas no decorrer dos dias: não atender à campainha, não responder a uma pergunta fingindo estar imersa na leitura do noticiário, não regar as plantas e parar por completo de responder às mensagens de trabalho que continuavam chegando. Não era nada que outra pessoa não pudesse resolver em meu lugar. Da tradução, passei a fazer somente três e depois duas páginas por dia.

Meu apetite diminuía, o que decerto era um dos primeiros sinais de sucesso do meu experimento. Comecei a não sentir mais falta da xícara de café matinal que me acompanhava, infalível e sem açúcar, desde os treze ou catorze anos de idade. O mundo sem aquele café tornava-se, de certo modo, um mundo mais transparente. Ao tomar banho, sentia o meu corpo um pouco mais magro, meus cabelos um pouco mais finos e a pele como que mais porosa e macia.

A roupa suja apareceu limpa e passada, um par de semanas depois, mas não fui eu. Na segunda-feira seguinte, o carro amanheceu com o tanque cheio. Na terça-feira, o cachorro passou por mim sem os habituais gestos esfuziantes de reconhecimento da minha presença.

O passo seguinte, mais ousado, seria sentar-me à mesa do jantar e não comer. Estava ansiosa. Era uma etapa importante, aquela, que sem dúvida ditaria minhas próximas escolhas. Vesti-me discretamente, prendi o cabelo, sentei-me no meu lugar habitual, fechei os olhos e cruzei as mãos sobre o colo. Aguardei em silêncio, imóvel, que os outros se sentassem, e para minha absoluta fascinação ninguém falou comigo ou perguntou se eu afinal ia comer ou não. Levantaram-se ao cabo de uma hora, suponho que para passar um café. Arrumaram a cozinha, tiraram a toalha da mesa para sacudir os farelos. Eu estava maravilhada. Ainda permaneci sentada ali por muito tempo, familiarizando-me com minha nova condição.

Ainda era voluntária aquela abstração de mim mesma. Ou seja: quando eu me dirigia aos outros, eles falavam comigo como de hábito, e quando eu mandava a eventual mensagem a um amigo ou colega de trabalho, a resposta

## ABSTRAÇÃO INFORMAL

vinha com a presteza ou lentidão usual. Isso me conferia um poder extraordinário. Estar no mundo, imersa em seu caldo grosso, já não equivalia mais à imposição da minha presença visível e sensível. Eu podia discretamente me retirar ao meu próprio espaço, por assim dizer, sempre que desejasse, e o mais extraordinário era o fato de a minha ausência não ser percebida. Que não me entendam mal: não é, em absoluto, que eu fosse irrelevante. Que calar a boca fosse uma dádiva que eu concedia. Não tenho problemas de autoestima. O incrível é que, naqueles momentos, eu de fato deixava de existir para os outros.

Passei longas semanas usando a minha nova condição como uma debutante dos velhos tempos bailando pelas ruas com o seu resplandecente vestido novo. Ou, melhor ainda, como uma louca que se autoriza andar nua em meio às pessoas, por aí, sem que isso cause a menor comoção. Que intimidade eu passava a ter comigo mesma. Que glória, aquela. Mas eu precisava ir mais longe — o experimento ainda não estava completo.

Empenhei a vida na fase seguinte, mais longa. Interrompi todas as minhas atividades profissionais. Algumas semanas depois, li, com espanto, no suplemento cultural, que o livro que eu vinha traduzindo já estava no prelo, com a tradução assinada por um renomado acadêmico. Deslumbrou-me a informação, incluída na nota, de que ele vinha trabalhando na mencionada tradução fazia dois anos, e que tinha viajado até as Antilhas a fim de entrevistar o autor, um recluso habitante da ilha de Marie-Galante, em Guadalupe. Era uma aventura que eu tinha empreendido, no início do ano. A cereja do bolo: uma foto do autor e do tradutor juntos, mar antilhano ao fundo, exatamente igual à que eu havia trazido comigo para ilustrar o livro impresso. Só que, no meu caso, claro, éramos o autor e eu.

Minha liberdade, agora, era quase absoluta. Quem nunca experimentou não tem ideia da sensação, realmente indescritível, de entrar no chuveiro e ser atravessada pela água — de não impor mais resistência alguma a nada que se apresente.

O teste final veio no último domingo, com a chegada do entregador de flores trazendo o buquê de astromélias que eu havia encomendado, como parte do experimento. Era um domingo daqueles exemplares, cada um cuidando concretamente da sua falta de compromissos, estendendo-se no sofá, ouvindo música, enchendo o pneu da bicicleta. O entregador tocou a campainha. Foram abrir. Sentei-me na poltrona mais confortável da sala para observar o desfecho daquela meticulosa peça de teatro que eu escrevia à medida que as cenas e os atos transcorriam.

O entregador de flores disse meu nome.

Que curioso, responderam. O endereço está correto, mas não tem ninguém aqui com esse nome.

O entregador coçou a cabeça. Talvez uma moradora antiga?, ele arriscou.

## ABSTRAÇÃO INFORMAL

Não, não, faz quase vinte anos que moramos aqui, sinto muito.

Da minha poltrona, pigarreei e avisei: estou aqui, as flores são para mim. Mas ninguém ouviu.

O entregador foi se afastando pela calçada, flores nas mãos, o que agora eu conseguia ver sem que as paredes representassem obstáculo. Ele parecia um amante abandonado, com aquelas astromélias para ninguém. Uma imagem figurativa num mundo cada vez mais abstrato. De certo modo que não sei explicar acompanhei o rumo de seus pensamentos, deixando de lado as flores e se voltando para o maço de cigarros em seu bolso. Ouvi, apesar da distância, a canção que alguém que passou por ele cantarolava. Senti a fome no estômago de um rato num terreno baldio próximo, e também as pontas das diminutas patas das formigas escalando o tronco da acácia da esquina. Sentada ali, quieta, na poltrona da sala de casa (o endereço estava correto), eu vicejava, como se tivesse uma espécie de pele nova crescendo sobre uma ferida original.

# SOBRE OS AUTORES

## Adriana Lisboa

Nasceu no Rio de Janeiro (RJ), em 1970. Romancista, poeta, contista e tradutora, publicou, entre outros, os livros de poesia *Parte da paisagem*, *Pequena música* (menção honrosa no Prêmio Casa de las Américas), *Deriva* e *O vivo*; os romances *Sinfonia em branco* (Prêmio José Saramago), *Rakushisha*, *Azul corvo* (um dos livros do ano do jornal inglês *The Independent*), *Hanói* e *Todos os santos*; e os contos *O sucesso*. Seus livros foram traduzidos em mais de vinte países. Seus poemas e contos saíram em revistas como *Modern Poetry in Translation* e *Granta*. Traduziu ao português a poesia de José Lezama Lima (com Mariana Ianelli) e Margaret Atwood e a prosa de Virginia Woolf e Maurice Blanchot, entre outros autores.

*Dias de domingo*

## Adriana Lunardi

Nasceu em Xaxim (SC), em 1964. Escritora e roteirista, é autora de *As meninas da Torre Helsinque* (1996) e da coleção de contos *Vésperas* (Rocco, 2002), que também foi publicada na França, na Argentina, em Portugal e na Croácia. Publicou os romances *Corpo estranho* (Rocco, 2006) e *A vendedora de fósforos* (Rocco, 2011). É coautora do seriado *Ilha de Ferro* (TV Globo, 2019).

## Carlos Eduardo Pereira

Nasceu no Rio de Janeiro (RJ), em 1973. Foi professor de história e estudou letras na PUC-Rio. Tem contos publicados nas antologias *Contos de ocasião* e *164-Circular*. Participou também com o texto "Mensagem apagada" na edição da *Revista Época* que reuniu 22 autores para retratar em pequenos contos os personagens que fizeram das eleições presidenciais de 2018 as mais polêmicas desde a redemocratização.

Seu romance *Enquanto os dentes* (Todavia, 2017) foi finalista do Prêmio São Paulo de Literatura. O livro recebeu resenhas elogiosas de jornais como *Folha de S.Paulo* e *O Globo* e chamou a atenção de veteranos da literatura, como o escritor Paulo Scott, que o apontou como a melhor revelação literária no Brasil dos últimos anos.

## Cíntia Moscovich

Nasceu em Porto Alegre (RS), em 1958. É escritora, jornalista e mestre em teoria literária. Foi editora de livros do jornal

SOBRE OS AUTORES

*Zero Hora* e diretora do Instituto Estadual do Livro no Rio Grande do Sul. Em suas obras, explora, com humor e simplicidade, o insólito das relações afetivas e da vida cotidiana.

Participou de mais de trinta antologias no Brasil e no exterior, entre elas *25 mulheres que estão fazendo a nova literatura brasileira* e *Os melhores contos brasileiros do século*, organizadas, respectivamente, por Luiz Ruffato e Italo Moriconi. Estreou com *O reino das cebolas* (Mercado Aberto, 1996). Seu primeiro romance, *Duas iguais* (Record, 1998), aborda, com sensibilidade, o amor entre mulheres. O livro de contos *Arquitetura do arco-íris* (Record, 2005) venceu o Jabuti na categoria Contos. Seu livro mais recente é o elogiado *Essa coisa brilhante que é a chuva* (Record, 2012), que recebeu os prêmios Portugal Telecom e Clarice Lispector, da Fundação Biblioteca Nacional.

## Giovana Madalosso

Nasceu em Curitiba (PR), em 1975, e hoje vive em São Paulo. É formada em jornalismo pela Universidade Federal do Paraná com graduação em roteiro pela New York University. Durante muitos anos trabalhou como redatora e também roteirista de séries.

Estreou como contista com o livro *A teta racional* (Grua, 2016), finalista do Prêmio Biblioteca Nacional. Em seguida, *Tudo pode ser roubado* (Todavia, 2018) foi finalista do Prêmio São Paulo de Literatura, e seus direitos foram negociados para a produção de uma série. Seu livro mais recente é *Suíte Tóquio* (Todavia, 2020).

## Juliana Leite

Nasceu em Petrópolis (RJ), em 1983. Mudou-se para a capital do estado, onde cursou comunicação social na Universidade do Estado do Rio de Janeiro, instituição pela qual também possui mestrado em literatura comparada, pesquisando as interfaces entre a leitura e as tecnologias digitais.

Publicou contos em antologias como *14 novos autores brasileiros* (Mombak, 2015), organizada por Adriana Lisboa, e *É tudo mentira: a corrida eleitoral na ficção de 22 escritores*, da *Revista Época*. Em 2017, foi contemplada na residência artística Publication Intensive, da revista de arte contemporânea *Triple Canopy* (Nova York), reunindo-se a doze artistas de todo o mundo para investigação e interlocução de linguagens. *Entre as mãos* (Record, 2018) é seu elogiado primeiro romance.

## Julia Wähmann

Nasceu no Rio de Janeiro (RJ), em 1982. Publicou seus primeiros textos no coletivo Ornitorrinco, a partir de 2014. *Diário de Moscou*, uma narrativa curta, integra a coleção Megamíni (7Letras, 2015). Publicou também o zine *André quer transar* (Pipoca Press, 2015), posteriormente incluído na coleção digital Identidade, da Amazon.

Seu primeiro romance, *Cravos* (Record, 2016), é fruto de uma pesquisa sobre dança, principalmente a obra da coreógrafa alemã Pina Bausch. Um trecho do livro foi publicado na revista italiana *Effe #7* (Editora Flanerí, 2017). O romance *Manual da demissão* (Record, 2018) foi semifinalista do Prêmio Oceanos. Participou da *Granta em Língua Portuguesa* 3 com o texto "Lua em virgem". Também teve textos publicados em veículos de imprensa, como o jornal *O Globo*.

## Marcelo Ferroni

Nasceu em São Paulo (SP), em junho de 1974. Formou-se em jornalismo pela PUC-SP e trabalhou como repórter de ciência, na *Folha de S.Paulo* e nas revistas *Galileu* e *IstoÉ*. A partir de 2004, iniciou a carreira no mercado editorial. Comandou a edição brasileira da prestigiosa revista literária inglesa *Granta*, que publicou em 2012 o número *Os melhores jovens escritores brasileiros*. Atualmente é publisher no escritório carioca do Grupo Companhia das Letras.

Estreou na literatura em 2004, com o livro de contos *Dia dos mortos*, e publicou cinco romances. Entre eles estão o elogiado e premiado *Método prático da guerrilha* (Companhia das Letras, 2010), que, a partir de fatos reais, recria a última expedição revolucionária de Che Guevara; *Corpos secos: um romance* (Alfaguara, 2020), uma distopia escrita em coautoria com Luisa Geisler, Natalia Borges Polesso e Samir Machado de Machado; e, mais recentemente, As *maiores novidades: uma viagem no tempo* (Mapa Lab, 2021), sua incursão na ficção científica.

## Marcelo Maluf

Nasceu em Santa Bárbara d'Oeste (SP), em 1974. É escritor, professor de criação literária e mestre em artes pelo Instituto de Artes da Universidade Estadual Paulista (Unesp).

Em 2013, foi contemplado com a Bolsa de Criação Literária do Governo do Estado de São Paulo (Proac-SP) para finalizar o romance A *imensidão íntima dos carneiros*, publicado posteriormente em livro (Reformatório, 2015). A obra, vencedora do Prêmio São Paulo de Literatura e finalista dos prêmios Jabuti e APCA, lhe rendeu comparações aos escritores Milton Hatoum e Raduan Nassar. É também autor de contos e de obras direcionadas ao público infantil e infantojuvenil. Publicou alguns de seus contos em antologias e revistas literárias.

## Maria Ribeiro

Nasceu no Rio de Janeiro (RJ), em 1975. Seu primeiro livro é *Trinta e oito e meio* (Língua Geral, 2015). Em seguida, lançou *Tudo o que eu sempre quis dizer, mas só consegui escrevendo* (Planeta, 2018). Com os jornalistas Xico Sá e Gregório Duvivier, lançou *Crônicas para ler em qualquer lugar* (Todavia, 2019).

Atriz, diretora e escritora, fez parte da bancada feminina do programa de debates *Saia Justa*, do canal GNT, entre

2013 e 2016, e assinou uma coluna quinzenal no Segundo Caderno do jornal O *Globo*. Atualmente, comanda um programa de variedades da plataforma Hysteria e é colunista da revista *Veja Rio*.

## Maurício de Almeida

Nasceu em Campinas (SP), em 1982, e se formou em antropologia pela Universidade Estadual de Campinas (Unicamp). A literatura nasceu da paixão pela poesia, que exercitou inicialmente escrevendo letras de músicas para bandas de garagem que integrou na adolescência. Escreveu *Beijando dentes* (Record, 2008), livro de contos que ganhou o Prêmio Sesc de Literatura.

Participou de duas coletâneas de contos sobre música: *Como se não houvesse amanhã* (Record, 2010) e *O livro branco* (Record, 2012). Seu primeiro romance, A *instrução da noite* (Rocco, 2016), venceu o Prêmio São Paulo de Literatura. Escreveu em coautoria com João Nunes a peça *Transparência da carne*, e, com o cineasta Caue Nunes, o curta-metragem premiado 3×4.

## Noemi Jaffe

Nasceu em São Paulo (SP), em 1962. É escritora, professora e crítica literária. Doutora em literatura brasileira pela Universidade de São Paulo, coordena a Escrevedeira, centro cultural literário em São Paulo onde se realizam cursos voltados para escrita, lançamentos de livros, revistas e jornais e palestras sobre literatura e suas ligações com outras linguagens.

Organizou duas coletâneas de contos: *336 horas* (Casa da Palavra, 2013) e *Bestiário* (Terceiro Nome, 2014). Seu primeiro romance é *Írisz: as orquídeas* (Companhia das Letras, 2015), e o mais recente é o elogiado *O que ela sussurra* (Companhia das Letras, 2020). Reúne em sua obra também títulos de poesia, contos, crônicas e não ficção.

## Sérgio Rodrigues

Nasceu em Muriaé (MG), em 1962. Ficcionista, jornalista, roteirista e crítico literário, é autor do premiado romance *O drible* (Companhia das Letras, 2013), publicado em espanhol e francês; *Elza, a garota* (Companhia das Letras, 2018), publicado também em inglês; e *As sementes de Flowerville* (Objetiva, 2006), seu romance de estreia. Escreveu coletâneas de contos, livros de não ficção e foi organizador de *Cartas brasileiras* (Companhia das Letras, 2017). Seu livro mais recente é *A visita de João Gilberto aos Novos Baianos* (Companhia das Letras, 2019).

Como jornalista, é colunista da *Folha de S.Paulo* e roteirista do programa *Conversa com Bial*. Trabalhou como repórter, editor e colunista na maioria dos principais veículos da imprensa brasileira, como *Jornal do Brasil*, *O Globo*, *O Estado de S. Paulo* e TV Globo.

## SOBRE OS AUTORES

## Tobias Carvalho

Nasceu em Porto Alegre (RS), em 1995. É formado em relações internacionais pela Universidade Federal do Rio Grande do Sul. Seu primeiro livro de contos, *As coisas* (Record, 2018), recebeu elogios de escritores experientes, como Daniel Galera e Leticia Wierzchowski. O escritor Santiago Nazarian, em sua resenha para a *Folha de S.Paulo*, comparou o livro de estreia de Tobias ao estilo de Caio Fernando Abreu.

## Veronica Stigger

Nasceu em Porto Alegre (RS), em 1973. É escritora, crítica de arte e professora universitária. É professora de pós-graduação em histórias da arte e em práticas artísticas da Fundação Armando Álvares Penteado e ministra oficinas literárias em vários lugares.

Seu livro de estreia, *O trágico e outras comédias*, uma reunião de contos, foi publicado primeiramente em Portugal (Angelus Novus, 2003) e depois no Brasil (7Letras, 2004). Seu lançamento mais recente é *Sombrio ermo turvo* (Todavia, 2019). No teatro, assinou a dramaturgia da peça *¡Salta!*, do Coletivo Teatro Dodecafônico, de São Paulo, e a adaptação de *Macunaína*, com direção de Bia Lessa. Contos seus foram adaptados para o espetáculo *Extraordinário cotidiano*, das companhias Súbita e Casca, e teve textos de sua autoria no espetáculo *Puzzle*, por Felipe Hirsch, encenado em Frankfurt, em São Paulo e no Rio de Janeiro.

A primeira edição deste livro foi impressa nas oficinas da
DISTRIBUIDORA RECORD DE SERVIÇOS DE IMPRENSA S.A.
Rua Argentina, 171, Rio de Janeiro, RJ
para a
EDITORA JOSÉ OLYMPIO LTDA.
em outubro de 2021.

*

90º aniversário desta Casa de livros, fundada em 29.11.1931